巴金散文系列

保卫和平的人们

山东画报出版社
济南

图书在版编目（CIP）数据

保卫和平的人们/巴金著. —济南：山东画报出版社，2023.4
（巴金散文系列）
ISBN 978-7-5474-4231-9

Ⅰ. ①保… Ⅱ. ①巴… Ⅲ. ①散文集－中国－现代 Ⅳ. ①I266

中国国家版本馆CIP数据核字(2023)第045792号

BAOWEI HEPING DE RENMEN
保卫和平的人们
巴　金　著

巴金故居策划

责任编辑　怀志霄
装帧设计　蔡立国

主管单位　山东出版传媒股份有限公司
出版发行　山东画报出版社
社　　址　济南市市中区舜耕路517号　邮编　250003
电　　话　总编室（0531）82098472
市场部（0531）82098479
网　　址　http://www.hbcbs.com.cn
电子信箱　hbcb@sdpress.com.cn
印　　刷　山东临沂新华印刷物流集团有限责任公司
规　　格　130毫米×185毫米　32开
8.25印张　7幅图　9.03千字
版　　次　2023年4月第1版
印　　次　2023年4月第1次印刷
书　　号　ISBN 978-7-5474-4231-9
定　　价　46.00元

巴金1953年11月下旬与志愿军战士摄于在朝鲜的西线兵团指挥部驻地南川店

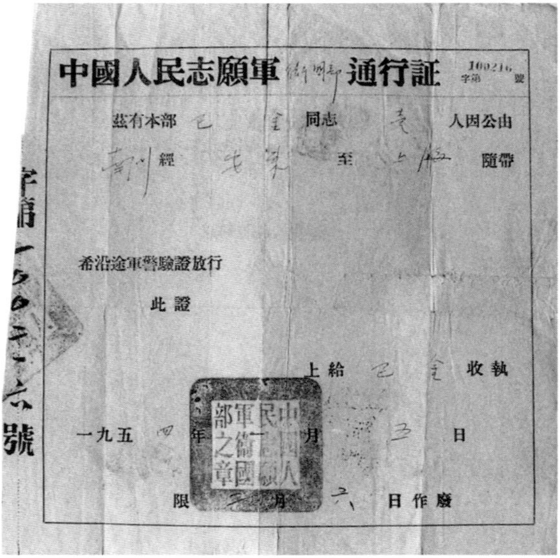
中國人民志願軍 通行証 100216 字第 號

茲有本部 巴 金 同志 人因公由

經 至 隨帶

希沿途軍警驗證放行

此證

上給 巴 金 收執

一九五 年 月 日

限 月 日作廢

巴金由朝鲜战地回国的通行证

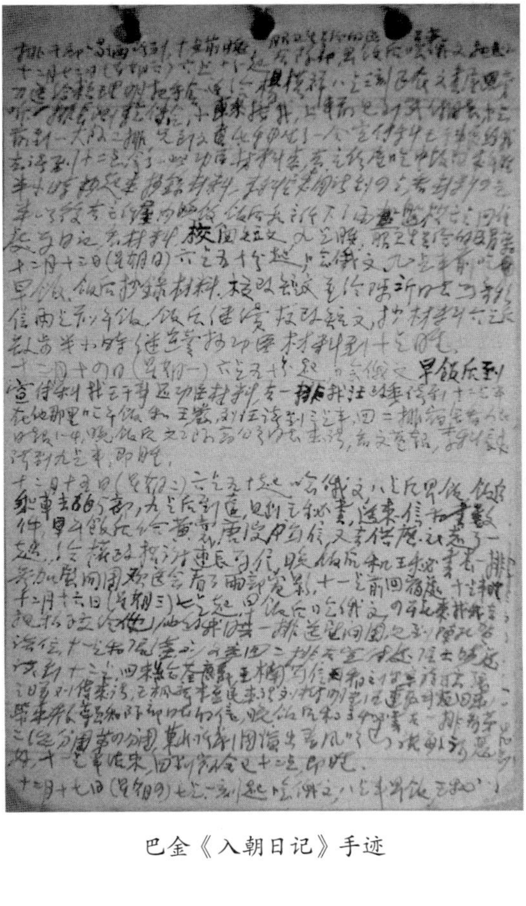

巴金《入朝日记》手迹

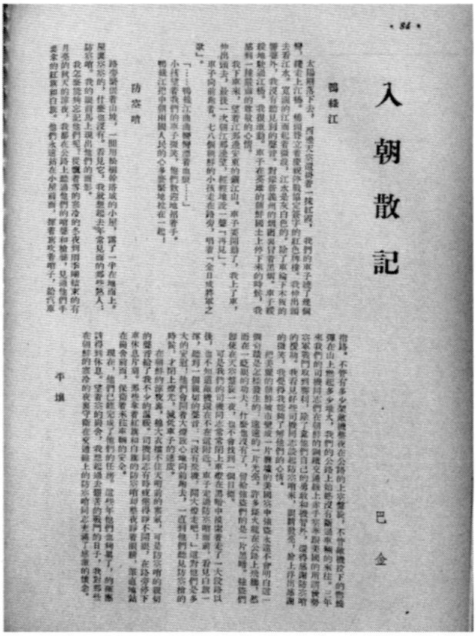

·84·

入朝散記

巴 金

鴨綠江

防空哨

平壤

·26·

魏連長和他的英雄連隊

巴 金

《入朝散记》《魏连长和他的英雄连队》两文在《文艺月报》初刊书影

《保卫和平的人们》初版书影

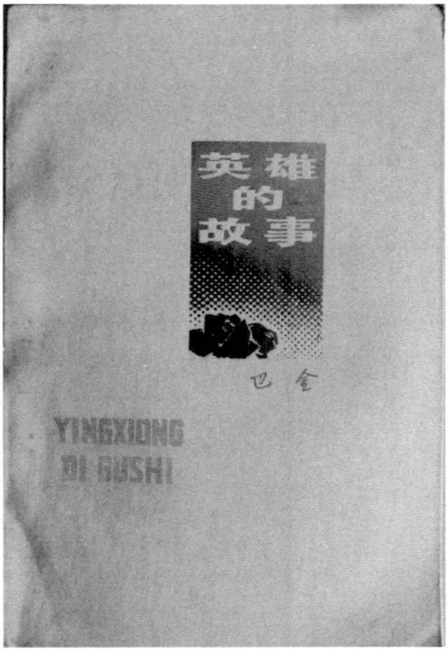

收入巴金赴朝访问全部作品的合集
《英雄的故事》书影

出版说明

1953年8月至1954年1月初，巴金第二次入朝访问，那是朝鲜停战协定生效后的一段时期，巴金在朝鲜写下了本书中的大部分篇章，写下了“一些战士的日常生活”和“一些简单的真人真事”（本书《后记》）。

《保卫和平的人们》，中国青年出版社1954年11月初版。本书全部文字曾收入《英雄的故事》（四川人民出版社1979年7月版），部分篇章又曾收入《巴金选集》第九卷（四川人民出版社1982年10月版），后全部文字收入《巴金全集》第十四卷（人民文学出版社1990年3月版）。

此次据《巴金全集》排印，个别文字和用法仍保持原貌，并未根据当下编校规范修改和统一。附录部分为本书编者所增。还需要说明的是，这些文章写于特定历史时期，某些提法和观点未必与当下历史结论完全一致，为了保持历史文献的原貌和真实性，本书编者不做编辑和统一。

目　录

保卫和平的人们

附　录

保卫和平的人们

衷心的祝贺（代序）*

第二届文代大会在北京召开，我远在朝鲜，无法回国参加。我不能坐在同志们中间，同大家倾吐我的快乐的、祝贺的心情。可是我的心始终没有离开你们，我在朝鲜的山沟里还仿佛听见你们的声音，看见你们的笑脸。

---

* 本篇最初发表于一九五三年十一月一日《文艺月报》十、十一月号合刊。

让我在这个朝鲜的农家小屋里借着烛光写下我的衷心的祝贺。

筹委会要我在大会上发言，沙汀同志说："你留下一篇发言稿吧。"我没有留下什么。但是今天我写下了我想向同志们说的话。我想说的话很多，可是我没有充分的时间，我只能写出这么一点。

去年我在中国人民志愿军部队中间生活了七个月。现在我又到了他们这里。我的心始终忘不了这些人和这种生活。我想念这些人就像想念自己家里人一样。去年我离开志愿军的时候，一个兵团的政治委员对我说："你不要忘记你是这个兵团的人啊！"这句简单的话使我非常高兴。我觉得成为这个"大家庭"的一分子是莫大的幸福。隔了八个月我还记得那一句话，而且想到那一句话，我的心就激动。多年来我习惯了观察人和体验生活，多年来我渴望着认识人，尤其是新的人。新的人永远引起我的热情。他们永远是我在生活与写作两方面的鼓舞的泉源。我到志愿军部队以前就读过不少关于这个部队的通讯报告。志愿军的英雄事迹在中国人民中间流传得很广。每个人都凭自己的想象描绘志愿军战士的面貌。我也有我的想象。我一直以为我跟战士们的中间有着相当大的距离。可是一旦走进他们中间，跟他们接触，我马上就发觉过去的想象的错误。他们先向我伸出手。他们的心向我的心接近。我很自然地伸手去紧握他们的手，我的心也被吸引过去了。在最初的两三句话之后，我们谈起来就像很熟的朋友一样。在我跟他们中间很自然地发生了兄弟般的友爱。我说不出这是怎样发生的。不过我觉得这友爱好像早已存在，只是现在我才发觉罢了。

我就这样地在志愿军的部队中间住下来。我从上到下跑过好些单位，从兵团一直到连队，我都住过。我也曾在坑道里跟战士们一块儿生活过。跟我的预料完全相反，我不论走到哪里，都没有人把我当客人看待。我自己常常说我到部队来向同志们学习。可是他们全把我看做从祖国来的亲人。他们给我一切的方便。我要看什么，他们就让我看什么；我想知道什么，他们就让我知道什么。他们陪我通过敌人炮火封锁线到前沿阵地去。他们对我谈战争，谈他们的战斗生活经验，他们的思想、感情和希望。他们也要我给他们谈祖国的最近情况，祖国的建设，祖国儿童的幸福生活。有时候我跟战士们一块儿听指导员上课，我参加战士们的小组讨论会，听每个人用激动的声音说出他的真心话。有时候我跟着带路的战士或通讯员爬山，跳交通沟，从灌木林中找路下山，在半路上休息的时候，闲谈一些生活小事。有时候战士们在休息时间里谈得很高兴的时候，我也在旁边跟他们一块儿笑。我也有机会跟一个功臣同坐在朝鲜老百姓家的廊下谈几个钟头，听他兴奋地叙说他的惊人的英雄事迹。……我有一种感觉：我的心跟他们的心越挨越近。我一天比一天更深地渗入他们的生活。我越来越了解他们。这一切都是很自然的，没有一点勉强。并不是我有好的办法去认识他们。他们自己不断地把心显露给我看，他们在我面前什么都不隐瞒，他们把我看作他们中间的一个人了。“都是自家人”，战士对我说过这样的话，干部更常常对我说这样的话。一句简单的话多叫人感动。

这样我就在志愿军中间交了朋友了。的确在各级指挥员和战士中间，在通讯员和炊事员中间都有我的朋友。他们的一切都牵引着我的心。我越跟他们接近，越认识他们，就越爱他们。我常常听见人说起志愿军的崇高品质。这四个字里面应该包含着千万个感动人的故事：我亲眼看见过他们，也听见无数人谈到他们。我在去年四月某日的日记里写过："我真愿意多看这些年轻的、健康的、淳朴的脸。"我后来又写："他们的确是最可爱的：不仅他们的内心，就是他们的面貌也可以打动人，吸引人。"我提到的并不是少数特殊的例子。我说的是整个部队的战士和干部。不管我走到哪里，我都看见那种"一人吃苦，万人享福"的忘我的精神。不管我遇着什么人，我都在他脸上看到对祖国的爱，而且每个人都准备随时为这种爱牺牲一切甚至自己的生命。他们认为能够用实际行动来表示自己的爱是最大的幸福。每个人都争着接受最艰苦的任务，谁也不愿意为着自己去损害集体的利益。在需要谁牺牲生命保卫集体利益的时候，大家都把这个任务当作最大的光荣，带着幸福的笑容去接受它。

有一次我听见一个文工团的年轻女同志讲起她的感情。在一次小战斗结束之后，她正在那个连队里，第二天早晨她在一条小溪旁边给一个胜利归来的负伤战士洗血衣，她想起前一晚的战斗，她想起战士们回来以后的兴奋的谈话和脸上的光彩，她觉得她非常爱他们，她觉得能够为他们做一件小事情就是难得的幸福。她望着阳光下面满山的迎春花，她对自己说，“生活在这个时代是无上的光荣。”我了解这个女同志，因为我也有这样的感情。我不能不有这样的感情。

我在志愿军部队中间七个月的生活，对我一生有很大的影响，在生活上和在创作上都有很大的影响。因为我生活在新的人中间，我生活在英雄们中间。在我的周围每天都在发生可歌可泣的英雄事迹。我每天都受到那种深厚的爱和强烈的恨的感染。我自己的感情也逐渐在改变。我当时曾写过这样的话："每天我都感觉到有一种力量在推动我，有一种感情在激动我，有一种爱在我心中燃烧。"所以每逢我背着人的时候，我总觉得心里翻腾得厉害，有许多感情在那里翻腾，我必须把它们全部倾吐出来，才能够得到心境的和平。在这种时候我就拿起笔来写作。我不断地写。可是我仍然不断地受着这个思想的折磨：我没有写出我应该写的文章，我没有写出堆积在我心中的爱，我没有写出我接触到的那些崇高、伟大的心灵，我没有写出像朝鲜遍山遍野的花一样多的志愿军新人的面貌。一直到现在我仍然因为我没有写出我应该写的文章而感到苦恼。尤其是在全世界人民为着朝鲜停战而感谢那些用血肉保卫和平的和平战士的今天，我的心，我的爱又把我引到朝鲜来。只有长期地生活在他们中间，只有在我写出了新中国的新人——保卫和平的志愿军战士的伟大的面貌之后，我的心才能够得到安宁。

入朝散记*

鸭绿江

太阳刚落下去，西边天空还挂着红霞，我们的车子绕了几个弯，才走上江桥。桥头耸立着庆祝停战协定签字的红色牌楼。我伸

* 本篇最初发表于一九五三年十一月一日《文艺月报》十、十一月号合刊。

出头去看江水。宽阔的江面起着微波，江水是灰白色的。除了车轮下木板的响声外，我没有听见别的声音。对岸新义州的烟囱里冒着黑烟。车子缓缓地驶过江桥。我很激动。车子在英雄的朝鲜国土上停下来的时候，我感到一种严肃的尊敬的心情。

我下车来，把江那边安东的镇江山望了好一会。车子要开动了，我上了车，伸出头去，最后一次朝江那边望，轻轻地说一声“再见”。

车子向前跑着。七八个朝鲜的小孩走在路旁，唱着《金日成将军之歌》。

……鸭绿江水曲曲弯弯漂着血痕……

小孩望着我们的车子微笑，他们欢迎地招手。

鸭绿江把中朝两国人民的心多么贴近地拉在一起！

防空哨

路旁紧偎着山坡，一间用松树干搭成的小屋，露了一半在地面上。屋子里空空的，什么也没有。看见它，我就想起去年常见面的那些熟人：防空哨。我的眼前马上现出他们的面影。

我怎么能够忘记他们呢？从飘着雪的寒冷的冬夜到雨季结束后的有月亮的秋天的凉夜，我都在公路上听过他们的哨子声和枪声，见过他们手里拿的红旗和白旗。他们永远站在小屋前面，挥着旗吹着哨子，给汽车指路。不管有多少架敌机整夜在公路的上空盘旋，不管敌机投下的燃烧弹在山上燃起多少堆火，不管有多少吨炸弹在公路近旁爆炸，我们的公路上始终没有断过车辆的来往。三年来我们的司机同志们在朝鲜的钢铁交通线上赤手空拳跟美国的所谓优势空军战斗取到胜利，除了靠他们自己的勇敢和机智外，还得感谢防空哨的援助。我看见好些司机同志谈起防空哨来，眼睛发亮，脸上浮出感谢的微笑，我觉得我能够了解他们的心情。

把美丽的朝鲜城市变成一片废墟的美国空中强盗永远不会明白这一个奇迹是怎样发生的：远远的一片光亮，许多条火龙在公路上飞腾，然而在一眨眼的功夫，什么也没有了，留给强盗们的是一片黑暗。强盗们即使在天空盘旋一夜，也不会找到一个目标。

可是我们的司机同志常常闭上车灯在黑暗中摸索着走了一大段路以后，也不知道敌机还在不在这附近，车子走过防空哨面前，看见白旗一挥，听到一个亲切的声音："没有飞机，开大灯走吧！"这对他们是多大的安慰！他们会开着大灯放心地向前跑去，一直到他们听见防空枪的时候，才闭上灯光，减低车子的速度。

在朝鲜的凉夜里，棉大衣挡不住天明前的寒气，可是防空哨的亲切的声音给了我不少的温暖。司机同志有时疲倦得睁不开眼，在路旁停下车休息片刻。那些拿着红旗和白旗的防空哨却整夜睁着眼睛，笔直地站在岗舍前面，保卫着来往车辆的安全。

现在，他们已经完成了他们的任务。这些年他们也够累了，的确应该得到休息。望着空的岗舍，我想起过去艰苦的战斗的日子，我对那些在朝鲜的寒冷的夜里守卫在交通线上的防空哨同志充满了感激的怀念。

平　壤

夕阳给平壤涂上了一层淡淡的金红色。我们的车子穿过人群开进这个美丽的英雄城市去。那些充满生机的碧绿的小山和稻田都留在我们的后面了。一长串头上顶着衣包穿着颜色鲜艳的衣裙的女人走在路旁。商店门口悬着彩色的招牌。小孩们在矮小的木屋前面唱歌。

车子缓缓地向前驶着。平壤的街道上现出来活跃的景象。它永远充满了声音和颜色。瓦砾堆旁边有几个小女孩在跳舞。断墙上贴满了彩色招贴画和电影、歌剧的戏报。好几处废墟上面整整齐齐地堆了高高的一大片红砖，它们在告诉人重建的工作马上要开始了。从一间搭在瓦砾堆上一半藏在地下的小屋门口，一个小女孩的清脆的笑声送到我的耳边来。这个年轻的、快乐的声音一直在我的耳边荡漾。它搔着我的心。车子驶近大同江桥的时候，我忽然忍不住偷偷地笑起来。

在桥头我看见了几辆载着战俘的嘎嘶车。车子走在我们的前面。战俘们穿着干净的蓝色衣服，脸上都现着健康色，他们愉快地在车上谈笑。过桥的时候，一个二十岁光景的美国战俘忽然带笑地弯下身去看绿色的江水。

车子在长的行列中过了桥，我们到了曾经是工业区的东平壤了，许多工厂的高大建筑物只剩下一些红色砖墙。然而墙内充满了生命。长得多好的高粱和苞谷，在微风中摇着头。深蓝色和紫红色的牵牛花，黄色的倭瓜花开放在一片繁茂的绿叶中间。

美国的千万吨的凝固汽油弹和重磅炸弹并没有毁灭平壤。这个英雄的城市仍然坚定地立在朝鲜的土地上。在这里到处都是生命。

这一夜我们寄宿在东平壤附近一个农家的防空地下室里面。睡前我还站在田坎上眺望平壤的灯光，这灯光是和平力量战胜战争的信号，我诚心地为它祝福。

孩子的礼物

就在东平壤附近，我们的车子停在高粱地的路边。夜色降下来，罩上了路，罩上了庄稼，罩上了汽车，也罩上了人。

我站在车外，手里拿一只电筒。一个穿白布短衣的朝鲜小孩走到我面前，伸手摸了一下电筒，说一声：“给我看看。”我把电筒递给他。小孩拿着电筒照了照我，又照照自己的脸，一张剪光头发的圆圆脸，一个低的鼻子，两片厚嘴唇，一对漆黑的眼珠。眼睛眨了一下，孩子快乐地笑了。

“很好，”小孩说，把电筒还给我。

“你的家在哪里？”我问他。

“那边，”他回过头指着后面的小山坡，从那里有灯光射下来。我知道那个地方：先前我看见司机同志们提着米口袋走上那个小坡去。他们现在正在那里做饭。

“到开城去？”孩子问我。

我点了点头，虽然我们去的地方并不是开城。

“火车通了，”孩子兴奋地说。

“你看见了火车吗？”我问他。

“我看见了。每天都有来的和去的。”孩子回答。

“你坐过火车吗？”我顺口问一句。

“没有。不过我要坐火车。”

“去上学吗？你几岁了？”

“我十一岁。”

“几学年？学校远吗？”

“四学年，学校就在那边。”孩子指着平壤的方向。

“那么你要坐火车去哪里？”

“我想到开城去，”孩子用激动的声音说，停了一下他又解释道：“我要去看那些叔叔、哥哥。他们为着和平，为着我们的幸福生活，一直在那里跟敌人作斗争。我要去代表我妈妈我姐姐感谢他们。”

他刚闭上嘴，一转身就溜走了。我用电筒去照他，已经看不见他的影子。车子旁边两个年纪更小的女孩低声笑着。一阵晚风送过来苞谷的香气。

我跟小女孩讲话，她们笑着不回答。我拉着一个小女孩的手臂问她的年纪。她忽然说了一句中国话：“志愿军顶好，”就挣开跟另一个小女孩一块儿跑开了，远远地望着我笑。

我刚要用电筒去照他们，忽然一只手伸到我嘴边来。一个熟习的孩子的声音说："请吃啊！"我闻到煮熟的苞谷的香味。

"我不饿，不要吃，谢谢你，"我说着推开孩子送过来的那只又热又香的煮熟了剥了皮的苞谷。

"请吃啊。请吃啊。朝鲜的'杠耐以'，中国的玉蜀黍（窝树数），长得多好。欢迎你们。"孩子笑着，用恳切的声音接连地说，终于把苞谷塞在我的手里跑开了。

我慢慢地嚼着又热又香的熟苞谷，我好久没有吃到这样可口的食物了。我在泥路上来来回回地走了许多趟。凉风吹透我的单衣。可是朝鲜土地上生长的苞谷和朝鲜孩子的友情暖了我的身体，也暖了我的心。

这夜我就没有再见到那个孩子。第二天清早，天刚亮，我们的车子离开了平壤郊外以后，我才想起我忘记问孩子的姓名。

胜利的节日

八月十五日我在沙里院市参加了黄海道五万四千人的群众大会：苏军解放朝鲜八周年纪念会。

大会在上午十点钟开始，照北京时间说是上午九点。

主席台是利用旧建筑物的废址搭成的。它面临着一条宽阔的马路。跨过这条马路是一大片草地。在这片草地上面原先立着华美的高大楼房。现在左右两面还剩下一些断残的高墙，瓦砾堆上却长满茂盛的野草了。

今天站在台上望过去，眼睛里没有一点

绿色，眼睛里只有红的旗，黑的头发，白的衣服，眼睛里只有仰动的头，挥舞的手，眼睛里只有苏、朝、中三国的国旗和巨幅的领袖像。马路的那一面全是人，不是人山人海，却是很整齐的行列，秩序很好的队伍。在晒得人眼花头晕的大太阳下面，每个人都很有精神地笔直地站着，听道（省）党委员长和道（省）委员长的报告。

十二点钟以前，示威的游行开始了。这是朝鲜人民在停战以后对战争挑拨者的示威，这是朝鲜人民表示他们重建祖国的决心的示威。劳动人民抬着机器，拿着工具，一队一队地在台下走过，唱着歌，喊着口号，充满信心地向前进。铲土机开过去了，大汽车开过去了，各种技术工人走过去了。每一个人到主席台前来表示他献出全部力量的决心。农民高举着镰刀，收割的时候快到了，男男女女敲着乐器跳着庆祝丰收的舞蹈。中学生们穿着制服用整齐的步伐严肃地走过台下。小学生们拿着花唱着歌走来，举起年轻的手向台上敬礼。……

人像水一样地不急不徐地流过去，载着颜色，也载着声音。台上和台下的喊声响成了一片。所有的人被一个共同的决心团结在一起：拿出一切力量来重新建设祖国。他们只有一个共同的愿望：自由、独立、统一的朝鲜。今天我在每个朝鲜人的脸上都看到这同样的光辉。

正午的太阳射下来灿烂的光辉。朝鲜人的脸上也射出来灿烂的光辉。今天是朝鲜人的节日，胜利的节日。朝鲜人不仅用决心来迎接这个节日，他们还用歌、用跳舞、用快乐的笑声来迎接它。在一点钟光景示威行列过完以后，我还听见快乐的歌声和笑声。

我们走下台去。在这所旧建筑物的废址里面还布置了一个展览会。两个中年的朝鲜妇女看到海州托儿所建筑的美丽的模型，看到长得很好的大南瓜、苞谷和苹果，不禁几次地笑了。这样的衷心愉快的笑声送我离开了沙里院。

1953年8月26日追记。

忘不了的仇恨*

“说起来每一桩事情好像都在我眼前，我一辈子都记得，”吴同志皱紧眉头说，两眼发出憎恨的光望着我。他张开两腿坐在一片薄薄的石头上，左手拿一小块碎砖在砂土上划着。我坐在他对面。我们的头上罩着一棵松

* 本篇最初发表于一九五三年十一月七日《人民文学》十一月号。

树的绿荫。

“我们最先给关在釜山第一休养所。十二个铁棚子里头关了一千多人。铁棚子周围有铁丝网。铁棚子旁边有一座大楼房。开刀房就在那里。每隔三个月换一批实习医生，有美国人，南朝鲜人，也有日本人。他们拿伤员做试验品，小伤治成大伤，小病医成大病。手上有一点伤，就把你整个胳膊锯掉，脚趾头打烂了，就把你一条腿锯断。我在休养所的时候，就知道那座楼房里死了三千多人。我的伤不是治好的，是自己养好的。”他说到这里，把右手伸了过来。这只手从手腕起向里弯着，四根手指也向里曲着伸不直了。“如果有好医生，我这只手也不会残废的。我这里还有一块炮弹片没有取出来。”他挽起右边裤脚：右边小腿、腿弯附近伤口已经长好了，一块像大拇指一样大小的黑肉突起在外面。

他用左手的两根指头按住它。“我不愿意让敌人的医生开刀取炮弹片，我怕他们一狠心就把腿给我锯断了。”

他腿上有不少的小伤疤，浅红色，黑黄色，白色……可是跟这块突起的黑肉比起来都不显眼了。我忽然注意到他脸上那种忍受痛苦的表情，就问一句：

“现在还痛吗？”

“不按它的时候就不痛。”他说着就拿开指头，把裤脚放下了。

“回到祖国就可以把炮弹片取掉，这很容易，”我安慰他说。

“是啊，回到祖国就好了。”他笑了笑，黑黄色的长脸上一对黑眼睛发出光，皱紧的双眉也开展了。“可是在敌人那边，想到祖国，好像隔得多远一样！起初伤口痛得睡不着，脑子里昏昏沉沉的。什么消息也不知道。

心里只有恨，只想拿命跟敌人拼。可是走动不了，睡在铁棚子里铺稻草的地上，又黑，又冷，又潮。一天吃点带皮的大麦糊，喝点辣椒汤。总算没有让敌人折磨死，居然回到祖国的怀抱来了。”他抬起头吐了一口气，左手拿起小碎砖在砂地上划了一阵，又埋下头，眼睛朝着地继续说：

“有的同志熬不过给折磨得发疯了，晚上跑出铁棚子，敌人看见就开枪打死。我们听见他的叫喊声，真想跑出去替他报仇。去年五月我们拒绝敌人来进行‘甄别’，敌人七天不给我们吃东西，有的同志饿得没有办法，吃破布，吃棉花，有的把胶底鞋烧起来吃。我们始终没有屈服。

“去年七月我们离开釜山，第二天就到了济州岛第八战俘营。一个营分十个号。每号住五百人，每个帐篷住五十个人。帐篷周围有两道小铁丝网，两道大铁丝网。敌人除了武装守卫，还有十几辆坦克。我们初到的时候没有水喝，有人用铁锹挖井，敌人看见也要开枪打，我亲眼看见打死一个同志。敌人不准我们唱歌，我们坚持要唱，敌人打死了我们一个同志，我们还是要唱歌。敌人再残忍凶狠，还是拿我们没有办法，他不能把我们杀尽杀绝。我们不知道吃了他们多少毒气弹，可是他们只能够伤害我们身体，伤害不了我们的精神。敌人越残酷，我们越坚强。”

吴同志突然闭了嘴，抬起头来，眼睛发亮，脸色发红，眉毛往上竖。从这个大院子的台阶上送过来别的同志的笑声。两个回来的同志在那里下象棋，旁边围了好几个人。左边一棵树下坐了几个同志在乘凉。院子的正中摊开一片金黄色的阳光。台阶上庙堂般的大厅子里，有不少的人躺在床上午睡。吴同志把眼睛掉向台阶，看了看这和平安闲的景象，然后又回过头来，用激动的声音对我谈起铁丝网里面帐篷中的黑夜。

“敌人一两个人不敢随便跑进铁丝网里面来。有时候在晚上我们都睡了，他们打电棒进来抓人出去。他们压迫我们，虐待我们，杀我们，打我们。可是他们又害怕我们。只要我们自己组织起来了，他们就害怕我们。十月一日国庆节那天，早晨七点钟吹过升旗号以后，我们十个帐篷里同时升起来十面五星红旗。我们在前一天晚上就把一切都准备好了。敌人看见我们升了旗，惊动起来，马上开来十几辆坦克和一个营的军队，还戴上防毒面具，配备了各种武器，把我们的帐篷包围了，要我们降旗。我们不肯，他们就用一个连的兵力向第七号帐篷冲锋，又用各种武器向我们射击，机关枪、卡宾枪、手榴弹、毒气弹一齐来。他们一连冲锋四次，才冲进铁丝网。我们徒手抵抗，牺牲了五十六位同志，还有一百多人受伤。可是敌人始终没有抢到我们的国旗。国旗挂了一个半钟头，最后我们的两个同志冒着敌人的炮火把它降下来，自己烧毁了。以后为了纪念烈士，我们每个帐篷都开过追悼会，我们还捧着烈士灵位在铁丝网里游行了三圈，向敌人表示抗议。”

他歇了一口气，微微一笑。我在他脸上看到的不是愉快，却是坚强的信心。他咬了一下牙齿，接着用力说：“这一回敌人认识了我们的力量，他们说：‘你们都是硬骨头。’的确我们这些硬骨头是他们的枪弹打不垮的。”他又笑了笑。

“有了组织就好了。大家都有了信心。敌人弄来的蒋介石的特务也打不进来。敌人在每个帐篷里装的扩音器，经常放送蒋介石特务的广播，也没有人听它。我们自己还组织学习：文化学习，政治学习都有。”

“这真不易啊，”我惊讶地赞了一句。

“是啊。我们到外面去作苦工的时候，用罐头盒刮了些锅底烟灰回来，又把罐头盒的铁皮削成笔尖，蘸着锅底烟灰写字。在这种时候学习祖国文字，大家特别用功，环境虽然困难，进步倒并不慢。我们知道人民军同志们做出了漂亮的五角红星的帽徽，我们做笔尖倒容易多了。”他说着，左手不自主地用碎砖在地上写起字来。我埋下眼光去看他写的什么。他写的全是这样的几个字：“祖国，自由。”

他掉转头朝四面望了望，忽然站起来，说一句：“请你等一下。”他转身朝一个刚从台阶上走下来的身材矮小的同志走去，对那个同志讲了两句话，又跟那个同志一起走回来。他向我介绍：

“这个是陈同志，他住过巨济岛战俘营。我们这一批人里面只有他一个人给敌人刺过字。让他跟你谈谈。”

陈同志笑笑就蹲下来。他开始说：

“巨济岛战俘营里的生活跟济州岛战俘营、釜山战俘休养所都差不多。敌人对我们的手段很凶、很毒。穿的是又破又旧的衣服；吃的也不是给人吃的东西，而且从来没让你吃饱过。睡的是潮湿的土地，上面就只铺了薄薄一层草，湿气重得很，叫你觉得浸到你骨头里来了。铁棚子很小，住六七十个人，大家只能够侧起身子挤在一起睡，想翻个身也不行。每天还要出去做苦工，一群一群的，跟奴隶一样，让敌人押着，看守着，动不动就要挨打、挨刺刀，常常没缘没故地给敌人打死、打伤。”

陈同志说话的时候，不停地用他右手的第二、第三两根指头夹住旁边地上的草叶使劲地往上拔，拉断了就丢在地上。他右手的大拇指齐根断掉了，只剩下一个圆圆的大伤疤。他那张三角形的脸上一对不算大的眼睛特别亮。

“我们当初没有好好地组织起来，所以容易受到敌人的迫害，特务们也常常跑进来活动。”这个从四川眉山县出来抗美援朝的翻身农民说话说得很快，好像一开口就要把肚里的话讲完似的。“敌人对付我们有各种各样的刑罚。有一样叫做‘坐水牢’。水牢是用洋灰做成的，跟老乡喂牛的槽差不多。上面盖住带刺的铁丝网，旁边有一个放水的龙头。在我住的七十二号战俘营的西北角上就有一个水牢。人在水牢里头只能够睡下，坐都没法坐。下头是冰冷的洋灰地，上面是刺骨的冷风，冬天在里头睡久了，冻都会把你冻死。如果敌人再打开龙头放出水来，水就会在你身上结成了冰。冬天‘坐水牢’，很少有人保住性命出来。

“在闹‘甄别’的时候，敌人强迫我们在身上刺字。我们不让他们刺。他们就把我们的人杀的杀，打的打。有的杀了还剜心，有的死了还把头割下来挂在铁丝网上。去年四月八号那天，敌人对我们进行了大屠杀以后，特务们就把杨文华烈士和林学普烈士的心用刺刀挑着，到每个铁棚子去，一边大声喊：‘你们来看这颗心！这就是要回国的心！你们哪一个要回国，就把他拿来照这样办！’第二天九号开始正式‘甄别’。这是在一个大帐篷里头进行的。我们一个一个地从一道门进去。帐篷另一头有两道门。美国人坐着，问你：‘愿意回哪里？’你回答以后，他就指给你：回台湾走这道门出去；回祖国走那道门出去。在回祖国去的门口，有很多的美国守卫和特务拿着刀子棍子把守着。他们凶神恶煞地站在两边。我们的人走出去，他们不是用棍子打，就是用刀子砍。他们就是这样凶，这样恶，还是吓不倒我们。我们死也要从这道门出去。我们大家拼着性命从这道门冲出去。我们受了伤流着血，可是我们冲出去了。我们现在到底活着回来了。”

陈同志停顿一下，他用力拉断两片草叶，扔在地上，把右手上那个伤疤在膝头上擦了两三下，又接着往下说：

“我是在去年三月下半月让敌人刻上字的。我们很多人都是给敌人打得晕过去了，抬出去刻上字的。我醒过来，看见膀子上刻了字，就说：‘好吧，你们能够在我身上刻字，你们不能在我心上刻字。刻了字我还是要回祖国。’……”他忽然伸出左手去挽起右边的袖子。在他的右胳膊上离肘拐一寸半的光景，有一块大伤疤，浅黄色中间有两三条黑印。他把胳膊送到我眼前。我费了力才认出来分写成两行的“反共抗俄”四个字。

“我自己用刀片把字割掉，涂点碘酒，后来就成了这个样子。留下这个伤疤也好。这是我一辈子忘不了的仇恨。”

陈同志一直蹲着，到这时他突然从地上站起来，慢慢地把袖子拉下盖住了这一块大伤疤。

第二天陈同志、吴同志和别的几百个同志一起坐火车回祖国去了。就在他们动身的这个上午，我坐车到我们管理外籍战俘的地方去。没有铁丝网，没有坦克，我远远地就看见外俘们在花园里散步，在运动场上打排球，在小河沟中洗澡。我还没有走到外俘们跟前，就先听见他们的笑声。在一间相当整洁的洋房里，外俘们分成几组坐在床铺上玩扑克游戏。一个年轻的美国战俘光着胳膊伸出手在摸牌。他的胳膊动一下，刺在那上面的一个裸体的夏威夷少女也跟着扭一下腰肢。有人问他在什么地方刺上这个人像，他笑着回答：三年前在夏威夷刺上的。在靠里的那张床上，一个戴眼镜的人因为赢了牌发出来愉快的笑声。

两个宽大的饭厅里摆好了桌子在等待他们。穿白衣的炊事员们在厨房里为他们蒸馒头，用大锅的油炸马铃薯片。

离开这个地方的时候，我还回头望一下山坡上的洋楼和花园，陪我来的同志指着那里说："我们把这么好的地方给他们住了……"在我的眼前突然现出来吴同志和陈同志的发光的眼睛，残废的右手，和带着憎恨表情的面颜。我想：要是他们看到这里的生活，听见这里的笑声，他们会怎样想呢？他们会怎样说呢？……

我没法追上他们，要他们回答这样的问题。但是我知道他们对这里的一切不会有另外的意见：他们愿意听到这里的笑声，愿意看到这里的笑脸。

因为我们的文明，我们的人生观，我们的生活方式跟敌人的是完全两样的东西。

1953年9月2日在开城。

金刚山上发生的事情*

一九五三年十月二十八日下午三点钟，我们站在黄海道平泉郡杜峰山上，站在吕玉久、张明禄两位烈士坟墓后面的山坡上。右面是杂树丛生的小山。左面山下有几间茅屋，一条白带子似的公路，一片收割了的田地，

* 本篇最初发表于一九五三年十二月十六日《新观察》第二十四期。发表时题为《志愿军战士吕玉久和张明禄的故事》。

还有远远近近的山，远处的山头正罩着灰白色的烟雾。

我凝望着坡下方形空地上两座隆起的新坟。雨打着我们头上顶的雨布，我听得清楚那一点一滴的声音。雨打着坟，把坟头枯黄的衰草打得紧贴在黄土上面。

我的眼光在坟上停留了好几分钟。雨下得更急了。我看见许多滴水珠落在黄土上，我担心朝鲜深秋的雨水打湿了那两颗安息在坟里的伟大的心！

我们顺着山坡走下来，绕回到烈士们的坟前，向伟大的死者告别。我最后一次看了刻在黑大理石墓碑上面的红字，然后沿着墓碑前新修过的斜路一直走到山下，走过两三棵栗子树和两三家人家。朝鲜小孩站在树下，用友好的眼光望着我们。

吉普车开动以后，我伸出头去望山坡下

松枝扎的牌楼，墓碑的灰白色顶盖从半山上露出来。我在心里念着碑上的中国字。

伟大的国际主义战士张明禄、吕玉久永远不灭，英名千古……黄海道平泉郡全体人民一同。十月二十五日。

我来得太迟了：我错过了今年八月二十二日的追悼会，我又错过了三天前在这里举行的隆重、庄严的纪念会，一千三百人参加的墓碑揭幕典礼，我没有看到英雄的朝鲜人民在这样的大会上充满热情地献出他们真诚的心。

第二天是一个没有风的大晴天。上午，十七岁的朝鲜少女李贞淑同志陪着我们从她的村口走上金刚山。她穿了一身干净的白色衣裙，迈着孩子般的快步子，穿过红叶树、长绿的松树、正在褪色的落叶树，和一些烧得焦黑的枯树，到了半年前她遇见那两个志愿军同志的地方。这块小小的空地上以前草木丛生，树叶繁密得遮住天空，现在只剩下枯枝、断桩了。李贞淑同志的胶鞋踏在一堆小石子上面，石子旁边还有两根烧黑的枯枝。手指指着山头，红红的脸颊上带着激动的表情，灵活的眼珠时而朝上看时而又朝下看，她向我们叙说半年前在这里发生过的火灾。她讲话比翻译人讲得快，讲得有感情。她越讲下去，越激动，好像她逐渐走进了半年前的大火中间，那些使她心惊的、那些使她感动的情景，又在她的眼前重现了。我望着她那张健康的、孩子似的脸，听着她的激动、紧张的叙述，我也渐渐地进到另一个环境里面了：我看见松林中冒起烟来，我看见一片火光，在火光和浓烟中间走出来两个志愿军战士。一个身材高大，有一张黑黑的长脸，这是二十二岁的青年团员吕玉久，另一个是小个子，圆脸上常带笑容，这是二十岁的青年战士张明禄。两个人都穿棉衣，拿铁锹，高个子的腰间还插一把斧子。他们在火中间穿来跑去，用斧子砍树，用铁锹打火，用铁锹铲土盖火，他们一次又一次地背着人、拖着人从烈火中冲出来，最后大火吞食了他们。

这是今年四月二十一日的事情。那天上午十点钟光景，平泉郡的金刚山上发生了火灾，整整烧了四个半钟头，火烧的面积有一万二千坪地。五十几个当地老百姓和四百多个志愿军战士参加救火工作，这中间有吕玉久、张明禄和他们救出来的八个朝鲜妇女。李贞淑是八个女性中年轻的一位。

火灾是美国飞机投下的燃烧弹引起来的。燃烧弹烧着北面山下一座独立草房。风把火苗吹到山坡，坡上是一大片松林，地上有一尺厚的枯叶，还有不少断残的树枝和枯草。火烧起来，火苗就往各处乱窜，风又不断地狂吹，把火苗带到更远的地方。在很短的时间里，火就蔓延开了。火先是在地上烧，后来树枝、树叶都着火了。横在东、西山中间的那条沟里又没有多少水。救火的人大都用铁锹铲土盖火，或者用别的东西打火，也有人用斧子把树砍倒，用镰刀把草割掉，来隔断火路。可是风一直不停，火苗又窜得快，一个地方的火扑灭了，另一个地方的火又燃大了；过一个时候，刚扑灭的火让风一吹又重燃起来。烟雾把附近的天空都遮住了。

吕玉久和张明禄都是志愿军某部担架营三连五班的战士。头天晚上他们那个班有别的任务，同志们一夜没睡觉，起火时他们才睡了三、四个钟头，排长没有叫醒他们，就带着其余的两个班上山救火去了。不多久五班长醒来，听说起火，便叫醒同志们起来救火。吕玉久睁开眼，看见天很暗，便问别的同志："天下雾吗？"那个同志答道："失火啦！"吕玉久马上就说："快起来救火去！"他们出去拿了救火工具便朝山上跑。山坡很陡，一个同志跑不上去，吕玉久就在后面推他说："快走嘛，你看火烧得好大啊！"张明禄跟在后面，边走边喊口号鼓动大家。他大声喊："我们快上山打火，不然朝鲜人民的仓库就要受损失了。"吕玉久也跟着喊："同志们，加油打啊！保护朝鲜人民的仓库，保护朝鲜的一草一木！"他们所说的仓库在南山东南坡上松林里面。那是平泉郡人民的仓库，一共有一百七十多个，仓里堆的都是装满粮食的草袋。要是火灭不了，延烧到整个南山，那些仓库也就难保全了。当时的情况是很紧急的，所以排长看见吕玉久穿着棉衣满脸通红地跑上山来，关心地对他说：“看你多热，我脱件单衣给你。”吕玉久回答：“热出点汗不要紧，不要耽误了救火。”没有一个人愿意耽误一分钟的时间，志愿军的战士们一直在烈火中间冲进冲出，不顾一切地跟遍山的大火搏斗。吕玉久和张明禄表现得最勇敢：哪里火大，他们就到哪里去打火；这里火刚灭，他们马上又跑到另一个火场去。脸熏黑，头发烤焦，棉衣烧破，他们也不去管。他们扑灭了南山梁第二个山头的火，把刚扑灭的火堆交给旁边四个年轻妇女看守，他们又朝另一个地方跑去。他们跑开不久，忽然听见叫声，便站住回头一看，只见大股的浓烟直往上冒，刚扑灭的火又燃起来了。他们连忙从山头跑回去，冲进火圈里，看见那四个年轻妇女乱成一堆哭叫不止。他们一个人背一个，分两趟把她们全救出来，放在一块大岩石旁边。就在这个时候，一阵风又送过来下面半山上朝鲜妇女的叫声："救人啦！"吕玉久和张明禄马上朝叫声来的方向跑下去了。

李贞淑同志说，她也听见了叫声。她就是这一次被吕玉久和张明禄救出来的，另外的三个是十六岁的少年团员郑景南，十七岁的少女申善花和二十七岁的吉熙子；吉熙子已经迁居到七十里以外了。据李贞淑同志讲，她们四个人被救出来以后，头发晕，全身发热，眼睛给烟熏得睁不开。她们只看见那两个志愿军同志往下跑冲进火里去，却始终没有看清他们的面貌，以后也就没有机会再见到他们。李贞淑同志回到自己家里，等着那个寄住在她家的二十二岁的军属李浩世回来，谈起救火的事，才知道"救人"的叫声是李浩世喊出来的，才知道那两个志愿军同志已经牺牲。接着她就看见志愿军抬着他们的尸首走过村子。担架上盖着雨布，她看不见脸貌，可是她知道就是那两个救命的恩人。她对母亲讲起，母女俩都哭了。

李浩世和另外三个妇女崔春凤、金善玉、郑玉男正在南山梁下东面一个斜坡上救火，风不停地向她们这面吹，火越来越大，火从她们头上、从她们的四周烧过来，浓烟把她们包围在中间。她们割草的镰刀没有用了，她们还在火里坚持着，跟火斗争，终于被烤得、被熏得头昏了，眼睛看不见了，只是半昏迷地嚷着“救人”。四个人挤在一堆，抱得紧紧的，准备死在一起。忽然间她们听见了人声。两个志愿军同志冲进火圈里来，用朝鲜话大声喊：“火太大，快跑啊！”每个同志背上背一个，手里拉一个，一口气跑出二十多公尺，把她们救出了火场，放在沟西边半山上防空洞里面；不等她们完全清醒过来，两个同志又往东跑去。李浩世只看见两个同志的乌黑的脸，听见他们在问：“还有人吗？”她连忙用朝鲜话在后面喊道：“那边火里面没有人！”可是他们已经过了沟听不见了。从防空洞向东望，烟雾中隐约现出那块将近一个人高的大青石，在救火人的眼睛里倒像是一个白衣白裙的朝鲜妇女。

这以后就没有人看见吕玉久和张明禄了。李浩世她们在防空洞口等着两个志愿军同志回来，可是一直没有消息。火越烧越大，等到火灭了，她们跑进还在冒烟的火场去找那两个同志，却只看见两个死尸，一个伏在大石头上，另一个侧着身子躺在地上，相隔三、四公尺。她们守在死者旁边伤心地哭着，等到志愿军同志们来到这里，她们才含着眼泪回家。五班的一个战士在沟边拾到一个笔记本和一只口琴，交给排长。笔记本封面烤焦了一点，上面有张明禄家里的通信处，还有黄继光、邱少云、罗盛教、刘胡兰烈士们的简单事迹，都是张明禄亲笔抄录的。排长知道这是张明禄烈士的遗物，可是这两样东西怎么会落在沟边，就没有人知道了。

李贞淑同志先前陪着我们到过防空洞，而且从那里望过沟东面的大青石，现在她又领我们顺着一条少有人走的小路去看那个大石头。她的脚在下山的路上跑得更快，我几乎追不上她。我们到了这个光滑的大青石跟前，李贞淑同志不瞬眼地望着它，一句话也不说。我也默默地把石头望了好久。这附近有许多矮树，椭圆形的小树叶已经发黄了。较远处也有碧绿的松针，夹杂在花似的红叶中间。太阳照在山梁上，我抬头一望，蓝天下一片金光，鲜明无比。只有这块大青石冷冷地躲藏在阴处。在它的脚下，四面都有烧残的树桩，几乎是齐根砍剩下来的。这个见不到阳光的大青石就是烈士们牺牲的地方。我想他们怀着怎样的心情熬过最后的痛苦，我的心颤抖起来，我的眼眶也湿了。这时候在我的耳边很清楚地响着连队里战士们的话：“多看几眼吧，以后就看不着了。”半年前同志们把烈士的尸首从这里抬下去收殓的时候，许多人都流着泪围着尸首不肯走开。今天我们却只能够在这里看到这块大石头。对于烈士的死亡，这块石头也有责任。他们把它当作了人，才又冲进火里去，而且扑倒在它上面。我了解李贞淑同志望着石头不讲话的原因了。

离开金刚山，我们又去稼洞里。李贞淑同志在阳光下脚步轻快地把我们带到她家里去。她让我们坐在李浩世的屋子里。我们刚走进小院子，就看见李浩世的倒塌了的茅屋，茅草顶还盖在地上。李浩世由邻居而变成房客，现在又是李贞淑同志的好朋友了。李浩世正在地里劳动，说是不久就回来。院子里有一个小男孩，摇摆着笑脸走到房门口晃两下，又不见了。我知道这就是李浩世的四岁的孩子，也知道她的丈夫今天还在人民军工作。看见孩子，我就想起李浩世那天离开火场回到家里搂着孩子讲过的话："孩子，要不是那两位志愿军叔叔救了我们，你就再也见不到妈妈了。"孩子今天幸福地笑着，他也许不知道这个院子以外的事情，但是有一天他会了解他的幸福生活跟那两位志愿军叔叔有什么关系。

我正在用眼光找寻孩子的时候，从临街的小门进来了一位白衣蓝裙、身材短小的少妇，圆圆的脸上现出亲切的笑容。这就是李浩世同志。她紧紧地握过了我们的手，就在我们对面坐下来，身子靠近临街的小门。她向我们谈起四月二十一日的事情，说起她们为了纪念两位志愿军同志组织的生产突击队，谈起她们今年的生产成绩。在她谈话的中间，李贞淑同志捧着大碗开水进来了，孩子似的郑景南同志进来了，身材细长的申善花同志进来了。接着从临街的小门走进来十七岁的郑玉男同志，从通院子的房门进来三十四岁的崔春凤同志和三十二岁的金善玉同志。她们坐满了这间屋子。这两个中年妇人尝过了生活的苦杯：崔春凤同志的丈夫因为是劳动党员在后退时期被敌人杀害了，只剩下两个女孩在她身边；金善玉同志是从外乡来的，一家人在后退时期中失散了。她至今不知道丈夫和儿子的生死存亡。另外的几位妇女，也都有各人的一段惨痛的经历，现在一个共同的纪念把她们连在一起了。她们组织了“吕玉久、张明禄生产突击队”，用忘我的集体劳动和优良的生产成绩来纪念伟大的死者，来报答伟大的死者。

“吕玉久、张明禄生产突击队”是在今年五月十四日正式成立的。突击队除了耕种原有的一万三千坪水田和两万五千坪旱地外，还开荒一千三百坪旱地。生产成绩比去年多百分之八十。稼洞里这个村子在生产上原是全郡（县）最落后的一个，今年由于这个突击队的带动，生产成绩已经上升到全郡的第五位了，而全郡的生产成绩又是黄海道全道（省）的第一位。郡里负责人说，这个成绩是跟吕玉久、张明禄两位烈士的纪念分不开的。两位烈士的遗体起初由他们连队的同志们安葬在石水里。后来平泉郡人民向志愿军部队要求改葬在杜峰山的墓地。在日本统治的时期，杜峰山上曾经建立过“神社”，现在平泉郡人民就在这个庙宇的旧址上埋葬他们敬爱的志愿军烈士，黑大理石墓碑还是从两百多里外运来的。两位烈士的灵柩从石水里移到杜峰山的时候，曾经在稼洞里停了一夜，由李浩世、李贞淑、金善玉、崔春凤、郑玉男、郑景南、申善花七位女同志轮流守灵。十月二十五日在杜峰山上举行的墓碑“揭墓式”的大会上，这七位女同志还献出她们各人珍爱的物品，托中国人民赴朝慰问团的代表转给烈士的家属。全郡人民还向朝鲜中央政府建议把杜峰山改名“吕玉久、张明禄山”。在过去某一次的招待会上，稼洞里全体村民送给两位烈士的连队一面锦旗，上面只有一个“亲”字，他们说：“我们再想不出更好的话来感谢你们了。”

李浩世同志简单地讲过生产突击队的情况以后，又说：“我们的工作是困难的，我们缺乏劳动力，缺乏牲口，我们还要依靠换工。可是我们的决心是很大的。我们愿意自己少休息，多劳动，迟睡早起，比别人多做工作。我们的力量小，我们做得不够好，我们只有尽力做。我们工作得很快乐，因为我们七个人一条心，团结成一个和睦的家庭。我们的生命都是那两位志愿军救出来的。我们为了报答他们的恩情，只有把我们的力量完全献出来，献给我们的祖国，献给和平的事业。”李浩世同志说话的时候，她那微带红色的圆脸，稍稍偏向门外，一对小眼睛带着幻想的表情朝上看，她好像在看门外的蓝天，好像在看远方，好像在看未来的远景，声音低而清楚，略有一点颤动。这些简单的话，显然都是从她的心灵深处出来的。申善花同志说了：“吕玉久和张明禄两位同志对我就跟我的亲哥哥一样，其实比亲哥哥还亲，我的亲哥哥还不见得就会牺牲自己生命来救我。”李浩世同志接下去说：“心里的话是说不完的。没有吕玉久、张明禄两位同志，今天也不会再有我们。他们牺牲了，我们还活着，我们怎么能够忘记他们呢！”她停了一下，让联络员用中国话解释她的意思。我看见她的眼睛发亮，泪水已经浮到眼眶来了。可是她没有哭，连眼睛也不眨一下。她想了想又说：“我只有一个希望，我希望能够见到两位同志的母亲，像对自己母亲一样地对她们说一说我心里的话。我要告诉她们：志愿军在朝鲜的生活；告诉她们：她们的儿子怎样救活我们；告诉她们：我们怎样报答她们儿子的恩情。我只想见一见吕玉久、张明禄两位同志的母亲，哪怕见一面也好。”

不用联络员的翻译，我也懂她的最后这一句话，声音里带着深的感情，像是哀求，像是申诉，像是愿望。它直接地打进人的心，它一直在空中荡漾，它等待着回答。

我们中间没有一个人能够给李浩世同志一个满意的答复。当我们在村口上车向这七位女同志挥手告别的时候，我的眼光触到李浩世同志那对带幻想的小眼睛，我马上想起她的要求，她的希望。那个微带颤动的声音一直搅动我的心，一直折磨我的心。就是今天我写这篇短文的时候，我还不能够使我的心平静。这个朝鲜少妇的小小的要求究竟会不会得到满足呢？我不能说。但愿有心的读者把这个消息带给四川省荣昌县荣隆乡凉风村吕玉久烈士的母亲，带给河南省伊阳县三屯镇张明禄烈士的父亲（张明禄烈士自小就失去了母亲）。让他们知道在朝鲜乡村里有人朝夕盼望跟他们见面，愿意用女儿的爱来爱他们，来安慰他们，来报答他们儿子的恩情。

1953年11月3日在朝鲜。

魏连长和他的连队*

初秋夜晚的微风吹起一丝凉意，弯弯的上弦月让一片白云盖住了。雄壮的歌声响起来，给人们带来一股暖流：

我是志愿军

---

* 本篇最初发表于一九五三年十二月十五日《文艺月报》十二月号。发表时题为《魏连长和他的英雄连队》。

名字真光荣

三八线上打胜仗

吃苦也高兴

都因为祖国爱我，我也爱祖国……

在一块新平出来的长方形的黄土高地上，志愿军连队的战士晚会正在进行。高地的四周有一圈树干细长的落叶树，枝子细，叶大而圆，我叫不出这种树的名字。战士们坐在树下围成一个大圈子，在他们前面，还有一圈同样的落叶树，不过长得稀，长得不高，树叶不密，但枝叶交叉，天然地编成一个顶盖。树干上留得有一些光秃的断枝，尖子朝上，插上蜡烛倒是很好的烛架。烛光照亮着场子的中央，十几个战士正挺起胸膛站在那里唱歌，另一个战士在旁边拉手风琴伴奏。

一个歌子接着一个歌子，唱暖了战士们

的心。好些人微微张开口，在心里跟着唱。跳舞开始的时候，手风琴奏着曲子，坐着的战士们用手打拍子，在最后一个跳舞节目宣布以后，参加跳舞表演的战士们，马上分成三组，每组起初一个人跳，其余的人站在场子中央，围成一个小圈，跳舞的人一转身站到另一个同志的面前，敬一个礼，那个同志还一个礼，就跟在他背后跳起来，再一转又变成了三个人，到了每组变成八个人以后，三组很自然地一下子合成了一股。曲子奏到最后，跳舞的人站住了，二十四个年轻的战士站成两排，带着愉快的笑容敬礼。

晚会结束了。战士们分队地从三个方向走下高地，回他们新建的营房里去。随便朝下面一望，就可以看见许多支手电筒的光像火龙似地在摆动。

夜很静，镰刀似的月亮刚从云里出来，

又隐进云里去。手电筒一下子就不亮了。刚才还很响亮的脚步声也完全听不见了。我站在一间由掩蔽部改造的住室前面，注意地望山下，只看见一片朦胧的夜色。公路旁边一家老百姓屋里亮着灯光。我望着灯光，在一个地方动也不动地站了许久。可是在我眼前晃动的却一直是那些唱歌跳舞的战士的年轻的笑脸。我喜欢这些年轻人，他们笑起来像小孩，打起仗来像雄狮。就是他们，在五十几天前李承晚释放战俘破坏朝鲜停战协议的时候，打败了美国侵略军的精锐部队“陆一师”，占领了阵地，活捉了五个俘虏，就是他们，使得美国俘虏胆战心惊地说：“你们志愿军是打不死的，我打着机关枪，你们还是接连不断地冲上来，吓得我手发颤不敢打了，就让你们捉住了。”

我又看见那一对长在黑黄色脸上的亮

眼睛，盖着浅黑色短须的厚嘴唇带笑地张开，这个高身材的年轻人正举着手踏着不熟练的舞步。这是二等功臣朱一钧同志，一个二十六岁的湖北庄稼人，第一次参加战斗的新战士。他在那一次战斗中，带着一个更年轻的四川新同志冲向主峰，一个人一连气炸毁了敌人的四个地堡和三个火力点。他自己回想起来说："我炸第一个地堡时候挂了花，醒过来又朝前走，走不到两步就听见班长在交通沟里头喊：'同志们，我负伤了，大家替我报仇。'"他回转去要背班长，班长说："不要背我，先去把敌人地堡炸掉！"他心中燃着复仇的怒火，暗暗地对自己说："我就是一个人也要完成任务。"便拿起爆破筒，避开敌人的火力，猛冲到敌人地堡的侧后，把地堡炸毁了。爆破筒和手榴弹用完了，他就到烈士身边去找，冲锋枪子弹打光，他借用四川新同志的手雷继续打，一直到他冲上主峰，完成了全班的任务。战斗结束以后，他向同志们谈他当时的心情：“我想起祖国的可爱，想起敌人的罪行，我就什么也不怕了。见到敌人不消灭，我是不甘心的。”他离家不到一年，家里有十四口人，我问他：想不想家。他说：“怎么不想？我越想家，就越爱祖国，越觉得应当拼命保卫祖国人民的幸福生活。”这个脸上常带笑容的年轻人，当他背着冲锋枪，打着电筒走回山下跳舞训练班去的时候，他心里在想些什么呢？他也许在惋惜他没有能够为祖国人民立下更大的功劳吧，他也许在想学跳舞比打仗更麻烦吧，他也许在想念跟他一起战斗、后来牺牲了的四川新同志张德新烈士吧，他也许在回忆过去艰苦的坑道生活吧。这些他可能都想过，不过他想得更多的一定是：怎样完成今后的任务，不让战争贩子们来破坏朝鲜的停战。

在朱一钧同志后面现出来周礼大同志的青年农民朴实的宽脸。这个二十一岁的湖南战士身材不算高，但身体结实，眼睛不大，跳舞的时候脸上带一种严肃的表情，他在人前谈他的立功事迹，总是多讲他的班长，少讲他自己。他的班长张义全烈士在战场上接受了任务，毫不犹豫地抱起十五斤的大炸药包，跟母堡内的三十九个敌人同归于尽，用自己的生命保障了整个战斗的胜利。这种视死如归的英雄气概在周礼大同志的心上刻下了不可磨灭的痕迹，四班长张义全的崇高的品质永远是他学习的榜样。他将来受到更大考验的时候，他也会做出可歌可泣的惊人事迹。事实上他在上一次的战斗中已经显露出英雄的姿态了。就在那一天晚上他把冲锋枪给了班长，看不见班长以后，一个人带着手榴弹横跨交通沟奔向主峰。在路上碰到了敌人，他想捉活的回去，不怕敌人比他身高力大，他把敌人拦腰抱住摔起跤来，一个新同志唐益督从后面赶上，用爆破筒打昏敌人，生擒回去。他却继续奔向前面，用手榴弹炸毁敌人的地堡，看见战斗的胜利结束。

我记得团结舞跳得正起劲的时候，黄生达同志张开嘴笑了。这个二十岁的青年团员今天刚从打马草的地方回来，第二天大清早还要到班里去继续执行打马草的任务。他先前在晚会上讲话显得笨拙、胆小，可是在前沿阵地的地堡里拿枪口对着敌人时，他却是一个沉着、勇敢、机智、灵活的英雄。当打冷枪运动还没有在这个部队里展开，敌人时常摇摇摆摆对着我方阵地乱比划的时候，这个二十岁的南方战士下了决心要为祖国争光。他夜间拿起铁锹和洋镐，修好一座暗堡，白天就躲在暗堡里等候敌人。第一天打不着，等第二天，第二天打不着，等第三天。一枪没打准打第二枪，第二枪偏右了，再打第三枪。打倒了第一个又打第二个，两个全打倒了，还准备打以后出来的。敌人用坦克炮打他的暗堡，暗堡打垮了，他马上就修好，敌人天天打炮，却始终没法打掉他的暗堡。敌人又在半山腰添修一条交通沟，跟原来山脊上的长沟成了交叉的两条路，以为在交通沟里活动可以躲避冷枪。可是黄生达同志仔细地研究地形，找到三个固定的目标，想出了三角封锁的办法。正中是丁字形的道岔，它前面有一棵大树，左边交通沟有一个大缺口，右边有个小坟包：这三个都是打靶的好目标。他在坟包那里没打着敌人，就等着在大树后面道岔那儿打，再打不着就绝不让敌人逃过缺口。这样他一天就打死五个敌人，在很短的时间里面一共打死了二十九个敌人，打得敌人提起志愿军的冷枪手就落魄丧胆。

山下面唯一的一星灯火突然灭了，就在这时候我听见了脚步声，接着一个熟悉的声音说："××同志，早点休息吧。"我回过头看见年轻的张副指导员的亲密的笑脸。夜并不黑，我看得见他脸上的表情。我笑着点头说："我就睡。"为了不让他耽心，我马上回到住室去睡了。

在这个有光荣称号的英雄连队里，我最熟悉的就是这个二十四岁的副指导员。一连好几天都是他一个人当家。一天从早到晚我没有看见他休息。电话铃响，就有人找他。我常常看见他把手伸到帽子下面搔着头带笑说："这真抓瞎。"可是他脸上从没有露过愁容。高兴时候他会哈哈大笑几声，吃起饭来，至少是四五碗。大馒头可以吃五六个。班里、排里难得断过他的脚迹。有一天我看见他跟排长和战士们在一起为某个班新建的住室搭炕。他搬着石板、石块和石片，一层一层地砌着。他听见跳舞训练班的手风琴奏的曲子，忽然孩子似地自言自语：“我听见跳舞就着急，我学过。”中秋节夜间相当冷，我睡到半夜醒了，他正打着电筒进来，把一件棉大衣盖在我的被子上。我问他：“副指导员，你还没有睡？”他回答：“我来查铺，看见这个住室很冷，委屈你了。我送件大衣来。”他自己身上穿的还是单军服。我告诉他，我不冷，他一定不肯把棉大衣拿回去。第二天傍晚李指导员学习完毕从师里回来了，正坐在住室前面小小的空地上喝水，他从下面走上来，远远看见指导员，加快脚步跑到指导员跟前，紧紧握住指导员的手，亲热地大声说：“指导员，你回来了！”

就在这个晚上，在月光下面，营教导员对我谈到张存志同志，他说：“这个年轻同志品质很好，提升副指导员还不久。以前在国内立过大功。”教导员同时还用表扬的口气谈到另一个年轻的副指导员，那是从本营的另一个连队来帮助工作的闻祥言同志。他给全连干部和战士讲授形势教育的课。课堂就是那天开晚会的地方。小组讨论会也在那里进行。十几个小组分别在同一个高地上开会讨论，战士们争先发言，并不妨碍彼此注意力的集中。闻副指导员一直在“课堂”主持，从不缺席一次。我跟他同住在一个住室里，我看见他每晚都爬在他睡的那个小炕上写字，搜集材料，准备功课，常常写到深夜，有时大清早就出发到团部开会或去营部汇报。晚饭后我有机会跟他谈天，谈到他过去的经历。他以前一个字也不认识，参加革命后连自己的名字都不会写，后来下了决心，不休息，少睡觉，才学会了看书写字。他谦虚地说：自己尝够了没有文化的痛苦，所以常常写信给他的爱人、他的妹子和他的外甥女，鼓励她们学习文化。听到外甥女升学的消息，他把自己的津贴费寄给她买自来水笔。他自己的学习精神应该是她们的好榜样。几年前他为革命事业负过伤，可是今天他还是一个活泼健康的年轻小伙子，他身上不知道有多少精力。

在这个长方形“课堂”较窄的一头，一个土台上，两棵树中间拉开一块绿色雨布，雨布上面贴着连队俱乐部的墙报。报头用的一幅毛主席在天安门城楼上检阅游行队伍的照像，还是新近从画报上剪下来的。墙报出到第二期了。写稿的人不少。吕绍清同志就写了三篇。有天上午我站在土台下面看墙报，旁边站着一个身材短小的同志，我偶尔掉过头一看，这个读者就是吕绍清班长。我说：“你写得不少啊！”他不好意思地笑笑，说一句：“我写不好。”我还想再说话，一排副吹起了哨子，讨论课又继续进行了。吕绍清同志坐在一棵树下，向几个年轻的同志发言，声音低，吐字不清楚。他讲话不像他打仗。这个二十一岁的湖南湘乡穷孩子打起仗来赛过一只猛虎。他是最近提升班长的。他的二等功在几天前才批下来。在上一次的战斗中，他跟着一班长朱少林烈士冲上敌人阵地，打掉敌人的两个地堡和许多暗火力点。他的左小腿挂轻花，未经包扎，又继续打击敌人。一班长右腿负伤，晕倒后醒过来，也不肯让抢救员背下去。等到战斗结束，他们仍在阵地坚持，准备打退敌人的反扑。敌人攻上来，他们用手雷打下去了。敌人的炮弹打垮了防炮洞，就隐蔽在敌人抛下的尸首堆里，一直坚持到第二天深夜友军上来接防的时候。他们在待避洞里休息了三个多钟头天还没有大亮，又奉命上阵地去。就在这天下午一班长给敌人炮弹打中牺牲了。吕绍清同志现在谈起一班长还要红眼睛，他说："我真想念他。"我还听见另一个战士说："一班长对我实在好，我想起他心里就难过。"朱少林烈士牺牲了，可是活在战士们的心上，活在吕绍清同志的心上。吕绍清同志到现在还记得一班长的最后的话。当他听见一班长在喊："救人哪！"跑过去抢救的时候，一班长对他说："我不得活了，去把一般情况告诉队长。"英雄就是在牺牲的前一刻都不曾想到自己。英雄活着也是为了给人民争取幸福。当吕绍清同志隐蔽在敌人尸首堆中、敌人的坦克炮接连打了三个钟头、一班长对他说"无论如何我们要固守阵地，不能因炮火厉害就把阵地放弃”的时候，当后来情况更紧急、一班长说“阵地是我们同志用血换来的，就是炮打在我们头上，我们也不能下去”的时候，这个身体瘦弱的年轻人心里想些什么呢？面对着死亡，他讲不出假话，他回答一班长说：“我是青年团员，我也绝不下去！”他心里想：“我就是牺牲了，也是为了祖国人民。”他没有牺牲，他守住了阵地，完成了任务。国庆节前夕军里报社记者来访问他。谈起入朝作战的感想，他说出了心里的话：“保卫朝鲜就是保卫祖国。过鸭绿江的时候看见敌人轰炸破坏的情形，很难过。心想如果敌人打到边境，我们祖国情形就难说了。”最后他说出个人的志愿：“学好文化，学好技术当一个和平战士。”

志愿军特级英雄黄继光烈士是这个连队

里人人熟悉的名字。在这个“课堂”上人们常常提到他。可是人们更喜欢讲他们自己的英雄，更想念跟他们在一起生活过的英雄。那就是这个连队的三排副谌木森烈士。他这个不寻常的姓名使人听到就不容易忘记，他这种不寻常的英雄事迹更令人景仰终身。他并没有死，他左手抓住敌人机枪、右手高举手雷、屹立在地堡前面的英雄姿态一直在鼓舞着他的连队。整个连队因为有这样的英雄而感到骄傲。这个三十多岁个子高大的福建庄稼人，是一个经过构筑工事和阵地防御作战各种情况锻炼成功的和平战士。在那一次战斗中他带一个班扫除了铁丝网和地堡等障碍物，消灭了敌人，冲上主峰，在离主峰不远的地方有一个又高又大的地堡，敌人用重机枪、自动步枪和卡宾枪组成火力网死守顽抗，封锁了同志们前进的道路。谌木森烈士大胆地跨上前去，接近敌人枪眼，迅速打进一颗手榴弹。手榴弹打死了一些敌人，可是大地堡里还有敌人用火力向后面上来的部队扫射。谌木森烈士看见情况紧急，为了减少同志们的伤亡，为了保证继续打上主峰完成任务，他来不及拔开手雷的插鞘，就扔下冲锋枪，用自己的身体堵住枪眼，阻止敌人火力的射击。他的胸前被子弹打穿了一个大窟窿，然而，他的英雄气概吓得残余敌人不敢放枪，都从地堡里逃出来，被后面上来的同志歼灭了。同志们胜利地攻占了主峰，结束战斗以后打扫战场，还看见烈士站在地堡前面，左手紧紧抓住从地堡里伸出来的机枪杆，右手高举着的手雷一直没有放下。地堡里还有五个敌人的尸首。

为了整体的利益牺牲个人的生命，用自己的鲜血来表示对祖国、对和平、对中朝人民的热爱，和对美国侵略者的憎恨，像这样伟大的战士，在这个连队里，除了三排副谌木森和四班长张义全外，还有人们常常谈起的爆破组三勇士。他们的姓名是郑子清（组长）、潘林生、徐安生。他们在执行任务的前两三天看见朝鲜老百姓在田里工作，一位老大爷被敌人炮弹打死，他们含着眼泪表示决心要为朝鲜人民报仇。在战斗打响以后，他们照预定计划奔向目标：这条坑道在敌人母堡后面，炸掉坑道，就断了母堡里敌人的退路。头一个战士给打倒了，第二个接着冲上，第二个倒下去，第三个拉开导火索，抱着炸药包往坑道里跑，在轰然一声巨响之后，烈士倒在二十几个敌人尸体的中间，而朝鲜的黄土也因为受到英雄的热血的浸润颤动起来了。

三勇士看见朝鲜老大爷被炮弹打死，回

去马上表示决心，这段故事是魏国钧同志告诉我的。魏国钧同志就是这个英雄连队的英雄连长。我听见他两次带着痛苦的表情谈起朝鲜老大爷的死亡，因为他亲眼看到了这个惨剧。朝鲜人民的苦难不知道多少次激动着魏连长的良心。他曾经对报社记者吐露他的心情：“入朝以来越走离三八线越近，看见朝鲜老百姓的艰苦困难，心想他们生活这样苦，我个人还顾惜什么呢？”这几句简单的话里含蓄着深厚的感情。他接着又说：“炮火打死了老大爷，老奶奶直哭，我一捉摸炮是从敌人阵地打来的，心里很难过，我想一家人就靠老大爷生活。美帝好霸道！老百姓不能报仇，应该志愿军来报仇，我亲眼看见，我更应该拼命打击敌人，为他们报仇。第二天我们就出发了。”他再往下说：“出发的时候我向团营首长表示决心。我说：请首长不必顾虑，我个人也没有顾虑，我保证一定指挥好。”他没有说一句假话。他说什么就做什么，他说得到就做得到。他一上战场，就表现了英勇、顽强、机智、灵活这几个优点。突击部队被敌人炮火打乱了建制，他就带一架步行机先冲到前沿，等在突破口，一边观察敌人的地堡和火力点，一边联络突击上来的战士，把他们组织起来，交付任务，还详细给他们指示突击的方向和目标。等到地面工事大部分被解决以后，主峰上还有一个大母堡正向外面发射猛烈的火力。他看见大母堡不解决，战斗就不能胜利结束，而且还会增加部队的伤亡，他十分着急，拖着一包炸药，站在交通沟口，左脚踏在外面，右脚踏在沟里，俯下身子侧头朝母堡望。他打算自己冲上去把母堡炸掉。卫生员拉住他的衣服，不让他上去。四班长上来了，他便把这个任务交给了四班长。他看见四班长用自己的生命完成了任务。在二十分钟这样短的时间里面战斗就结束了，阵地占领了。为了打退敌人的反扑，他又布置兵力，准备再战，督促大家构筑工事，向大家宣传胜利。战士们都说："连长不只是腿动，而且嘴也动。他走到哪里说到哪里。我们看到他，听到他的声音，胜利的信心就更大了。"敌人一次接着一次地反扑上来，坦克炮打得特别厉害，情况非常紧急；他总是挑最紧急、最困难的地点去。在两天两夜的中间他指挥部队打退了敌人的十八次反扑，守住了阵地。就是在这样地实践了他的诺言，替朝鲜老百姓报了仇，为祖国争了光以后，他还谦虚地对人说："我个人到朝鲜只参加过这一次战斗，没有立下大功，对不起祖国人民。"在魏连长，这并不是虚伪的客气话，这是真情的流露。他随时准备着把生命献给祖国，献给和平事业。战士们都说：“连长是阵地上最活跃的人。”营长说：“他在阵地上到处跑来跑去，没有挂一点花。第二天下午他下来的时候眼睛都红了，正发着高烧，走几步就摔筋斗。我要他休息，他几次要求再上去。第三天拂晓我又让他上去了。”连队的文化教员告诉我：“我们连长在阵地上晕倒过一次。”那个年轻人谈起他的连长，就露出敬爱的表情，声音里也带着感情。魏国钧同志正是拿这种不顾惜自己的忘我精神和大无畏的英雄气概，获得全连同志的敬爱的。

我到这个连队以前就听见人谈起魏连长的英雄事迹，来到这个连队以后，我又听见更多的人谈论他。连队里的人想念他像想念亲人一样。那个时候他正在别处参加人民军某军团的庆功会，作一个特别邀请的客人。

我在他的连队里住了一个星期。一天下午，我们刚吃过晚饭，他意外地回来了。他从山下面走上来。一个身材矮小的中年人，看相貌，看动作，他都像一个忠厚老实的庄稼汉。我起初没有想到他是魏连长，可是我看见副指导员、文化教员、卫生员和通讯员眼睛发亮、脸上露出喜色，我便知道上来的是什么人，接着就听见在场的几个人用万分高兴的声音一齐喊“连长”。他点点头非常和蔼地笑了笑。这时候我忽然想起他抱起炸药包打算自己去炸母堡的事情。我觉得我更了解他了：他爱他的战士，他爱他的同志。

我和魏国钧同志相处的日子虽然不多，可是我越跟他接近，越觉得了解他，也越敬爱他。他在战士们中间，脸上总是带着和蔼的微笑，就像在一个和睦的家庭里一样。要是他静下来，我就会看见他抽着烟、弯着背、仰起头思索，他在考虑问题，想办法。在“课堂”上，我也看见他：他听形势教育的课，参加小组讨论，认真学习，一本正经地坐在小凳子上面。他是一个再忠厚老实不过的人。然而他虚心，他肯学习，所以他在战斗上有办法，在工作上也有办法。

我在一个星期天的下午离开这个英雄连队到另一个英雄连队去。这是很好的晴天。战士们刚洗好衣服、缝好被子，正在擀面皮包饺子。跳舞训练班的战士还在“课堂”上练习国庆节晚会的节目。指导员在连部主持会议。魏连长送我到修建营房的地方，还有一堆工作在等着他。中年的炊事班长送我到半山上水井旁边。两个年轻的副指导员一直把我送到山下上汽车的地方：我忘记跟闻祥言同志告别，他气咻咻地从后面赶下山来送我。在那里还有几位我一直在怀念着的同志。他们不多讲话，只是热烈地跟我握手，特别是那两位副指导员，两只手握着我的一只手，一次两次地紧握。谁说我们这个民族不会表示感情？我上了大汽车，又想打开车门跳下来。可是车子忽然开动了。

车子已经转到公路上去了，我还把脸贴在玻璃窗上朝那座山的方向看。我什么也看不见。可是每个人的面容都清清楚楚地现在我的眼前。我充满感情地轻轻说一声：“再见！”我觉得有一股热流通过我的全身。我兴奋，我骄傲：因为我认识了这么多的英雄人物。

1953年11月追记。

一个连队的生活*

我的笔记本上写着这样的诗一样的“誓辞”：

祖国人民啊！

“不作英雄归来，

* 本篇最初发表于一九五四年二月七日《解放军文艺》二月号。

便作英雄死去。”
用我们的鲜血，
把到处是瓦砾焦土的朝鲜，
灌溉出一个美丽的花园，
用我们的怒火，
把战争贩子烧死在朝鲜的土地上，
用我们钢铁的意志，
保卫祖国像铜墙铁壁一样。……

这是我从志愿军一个连队“墙报”的国庆特刊上摘录下来的。我每次翻开笔记本读到它，就会想起我在那个英雄连队里过的日子，那些忘不掉的面孔，立刻出现在我的眼前，给我唤起了许多亲切的回忆。

于是我听见了吹哨声。我知道这是北京时间的五点钟。一道灰白光从草门帘旁边的空隙射进这个不到一人高的矮帐篷里。接着许多人的脚步从山坡上跑下来，跑过帐篷往远处去了。我穿好衣服走出帐篷。只见一片白雾。公路仍然横在我面前，公路的那一边什么也看不见，只有对面山脚操场上战士们早操的声音透过浓雾传到我耳边。我沿着公路散步回来，太阳刚升起，雾已消散，对面几个灰白色帐篷安安静静地摆在山脚，铁匠炉的茅草棚里有人在生火。一部分战士掮着枪刚踏过小河里的高石墩，朝这里走回来。住在对面帐篷里的战士们正拿着洗脸用具朝河边走，有的已经穿过灌木野草跑到沟边，弯下身子在洗脸了，住在这面山坡上的一个排的战士回到各个班的帐篷里，放好武器以后，也拿起洗脸用具往河边，往沟边跑去。伙房就在这附近，是一个简单的茅屋，炊事员们已经忙了好久了。开水打过不久，就听见开饭的哨声。战士们拿着搪磁盆和铝桶到伙房打饭、打菜了。

这是一天生活的开始，每个帐篷里响过一阵快乐的谈笑声以后，又静下来了。一部分战士有的扛锹、镐，有的扛钎子、拿铁锤，排成一条线到山上去。从我们这面的帐篷口望过去，对面那座山相当高。可是战士们很快地就到了主峰了。我看见一些人钻进了山上那个大洞，另一些人翻过了山头。山脚下铁匠棚里送出来叮叮当当的打铁声，两个临时铁匠在臭炮弹筒改做的砧子上打钎子，另一个孩子似的四川小战士站在炭炉前面拉风箱。离铁匠棚不远，在几个矮帐篷前面，就是那个新平出来的操场。国庆节的早晨，全连战士在这里举行过升旗礼，一面崭新的五星红旗高高地升在临时旗杆上，迎风飘扬。现在一部分战士带着自己做成的小木凳坐在操场上，用心地听卢副指导员讲课。卢副指导员站在一块挂在两根柱子中间的雨布前面，用他那响亮的声音解释“团结朝鲜人民的四个原则”。这块雨布就是平日贴“墙报”的地方。每逢连队上“形势教育”课的时候，雨布上面又贴出了别的“挂图”。在上课的日子里，卢副指导员一天要在这个操场上讲两次同样的课，才能够使每个战士都听到他的讲解，有时候还得为少数补课人讲第三次，但课堂就不一定在操场。每次上课的时间不过两个钟点，上完课以后，休息一会，就开始小组讨论。小组讨论是在各班的帐篷里进行的，每个帐篷里都是一片细语声。卢副指导员住在我那个帐篷的对面，文化教员、文书、通讯员跟他住在一起。在小组讨论的时间，文书、卫生员、通讯员、理发员都坐在卢副指导员的帐篷里认真地发言。照规定，讨论比上课的时间多，上一天课总要讨论几天，在讨论的中间常常听见值星排长吹着哨子大声叫：“休息十分钟！”接着就看见战士们从每个帐篷里跑出来。这时候又听得见笑声，又有人在高声讲话了。讨论课结束后不久，就听见叫“打饭”的声音。伙房里又热闹了一阵子，各班的打饭人都回到自己的帐篷里去了。吃过午饭以后，留在家里的战士们便动身到山上去。他们有的空手，有的扛着新打好的钎子。我又看见一些人钻进对面山上的大洞，另一些人翻过山头，要是我不掉开眼睛，一直朝对面山上望，我还会看见人们从山洞里出来或者从山的另一面翻过来，接着就顺着山间小路走下来了。他们做完了六个钟头的工作，回来吃中饭、上课、休息。

晚饭以后便是游戏的时间，大部分的战士都在操场上。有些人练跳舞，有些人学唱歌。从军文工团里下来的三个同志做了临时教员。他们中间有一位还拉手风琴，给唱歌跳舞的战士伴奏。还有些战士就带着球到山背后友军修筑的大球场打篮球去了。这应该是一天中间最快乐的时刻。年轻的战士们跳得多活泼，唱得多高兴！在快乐的游戏中时间过得特别快。夜幕降下来。歌声停止了，战士们又回到了自己的帐篷里。铁匠炉里的火也早灭了。剩下一个空阔的操场，静静地承受秋夜的寒气。

战士们在自己的班里继续讨论。每个帐篷里都射出来温暖的烛光，送出来激动的人声。战士们在讲朝鲜老大娘热爱志愿军的故事。每个人讲他自己亲身的感受。到点名的时候，又听见尖锐的哨声，接着值星排长叫“点名啦”！于是一阵脚步声从山坡上跑下来。对面山脚亮起一连串手电光。手电光像一条线似的向我们这面拉过来。“看，真像一条火龙一样！”连部的通讯员忽然惊喜地说，他也背起枪到公路旁边草地上站队去了。部队到齐以后，战士们先唱歌，大家喜欢唱:《我是志愿军》。歌词是本师的文化科长写的。晚点完毕，各班的战士都回到自己的帐篷里去。帐篷里又亮起烛光，响起谈笑声。再过半个多钟点，值星排长吹起哨子大声叫着:“熄灯啦！”四周突然静下来。我吹灭了帐篷里的洋烛，躺在铺了干草和雨布的地上，只听见几只小虫在帐篷角上寂寞地叫着。

这是一个连队的一天的生活，简单、有规律、而且愉快的生活。我听见战士们赞美这个革命大家庭的和睦的气氛。在这里住下来，我一天比一天更感到对这个家庭的依恋。有一天我对连队的卢副指导员说:“我觉得这里就像我的家一样。”我说出我心里的话。我指的是人，不是眼前这十几个矮帐篷。帐篷只是临时的住处，不是这个连队的“家”，“家”还在后面，离这里有十几里地，一位副连长留着“看家”。我也曾走过那个地方，望见那些战后修建的漂亮营房，还有几间屋刚搭好架子，战士们正忙着上草、涂墙。那是留在“家”里的少数战士，他们紧张地工作。为了让大家过一个舒适的冬天，安好家，大家好安心地学习文化。连队在这里执行修补工事的任务是短期的。帐篷在公路旁边的草地上搭起来，不过三个星期的光景，据卢副指导员说，再过三四个星期就可以回“家”去了。他们有把握按期完成上级交下的任务。卢副指导员提到他的连队，脸上就现出满意的笑容，每一个战士也因为自己参加了这个连队而感到自豪。这是一个著名的英雄连队，连敌人也知道它的光荣称号，战士们跟我讲过这样一个故事：这个连队今年刚上阵地的时候，敌人就在前沿广播要跟我们的连队较量高下。三天以后敌人果然上来偷袭。我们一个加强班打退了敌人一个加强连的三次冲锋。从此敌人再也不敢上来“较量”了。一百多天以后，李承晚匪帮破坏朝鲜停战谈判、强迫扣留战俘、叫嚣“北进”的时候，我们的连队在一个晚上向敌人发起反击，经过两个多钟头的战斗，把敌人全部歼灭，取得了胜利，就在那一大张“国庆特刊”的墙报上我看见一张“功臣榜”，上面写着两位一等功臣，八位二等功臣，和二三十位三等功臣的名字。还有一个十八岁的湖北战士在两次战斗中都立了三等功。我认识这个年轻人。他去年十二月才参加抗美援朝来到这个连队，现在他是一个班长了。三班长李伦宣同志还是个文娱骨干。每天在游戏时间里我都看见他跟几个年轻同志一块儿跳新疆舞，他边舞边唱：“我们快乐的迎接，这美丽的春天……”脸上一直带着年轻人的天真愉快的笑容。有一天，我跟他一路翻过帐篷后面的小山，到他那个班正在工作的地方。一个战士刚拖着一辆用木箱改做的小车，从洞里出来，把满满的一车土倾倒在洞子前面的坡上。李伦宣同志从战士的手里接过拴在木箱上的带子，拖着小车走进黑黑的洞口去了。过了一忽儿，从洞里送出来一阵子轱辘的声音，三班长拖了一车土跑出来，把土倒出以后，又匆匆地跑进洞去了。脸上仍然带着笑，好像还在愉快地练习新疆舞一样。他出来几次，我注意地望了他几次。我赞美这个圆圆脸、孩子似的瘦小年轻人：在连队里，他是一个爱兵的好班长，在文娱活动中，他是一个活泼的好青年，在阵地上又是一个英勇顽强的英雄。“英勇”和“顽强”这两个常用的字眼，用在这个跟地主放过八年牛的穷孩子身上，并不是普通的称赞话。我再也找不到更恰当的形容词。就在今年三月十九日打垮美军陆战第一师三次进犯的战斗中，第一次他用十六颗手榴弹，打退了敌人两面冲锋。右脚给打穿了两个孔以后，他又用冲锋枪打垮了第二次上来的敌人。敌人的炮弹片把他的右腿打了两个洞，他走不动，立不起来，就在这个紧要关头敌人第三次冲上来了，他当时的班长董庆过来支援他。工事高，董庆身材矮小，没法打枪。李伦宣同志就爬到董班长脚跟前，说：“班长，你踩到我肩膀上打吧。”班长董庆流着眼泪，站上他的肩头，端着冲锋枪，对准上来的敌人猛扫，子弹打完，他又把手榴弹揭开盖子，递给董班长，一颗一颗地打下山去。他伸出四处挂花的右腿，把身子靠着工事，让董班长在他肩头站到打垮敌人保住阵地的时候。他自己说："我们班长在我肩膀上的时候，我的伤处还在流血，伤口也痛。不过我很高兴，我挂了花还能帮忙班长完成任务。我觉得就是再长的时间我也受得了。"最后战斗胜利结束，李伦宣同志爬回坑道。三天以后担架队把他抬到营部，四月他回祖国休养，六月下旬他回到连队同志们的中间，不到两个星期他又在一次反击战斗中冲上敌人阵地，一个人打死六个敌人，完成任务。第二天晚上他重上阵地，冲到敌人前沿，他用手雷，另一位北方同志陈启富用冲锋枪，两个人一起打掉敌人两个火力点。谈到阵地上的情况时，他睁大眼睛兴奋地说："我们的炮打拦阻线很准，消灭了不少敌人。"又说："敌人的照明弹打得亮堂堂的。"陈启富同志闪着眼带笑说："打仗还有人打灯笼，跑一只兔子也看得见。”陈启富同志现在是连队的三班副，李伦宣同志的好助手。看相貌他比他班长年纪大得多，其实他跟他班长一样，都是活泼、好动、讲话有风趣的人。在反击战中他奉命送饼干上去，走到中途，左手手掌挂花，他把饼干送到后，发现一个敌人的暗地堡，他在烈士身边找到手榴弹，打进暗堡，消灭了敌人，以后一直在阵地上坚持，到天亮的时候，马副指导员叫他下去通讯联络，第二天夜晚，他又上阵地杀敌立功。陈启富同志手掌上的伤口已经治好了，现在他在洞子里抡铁锤打钎子，要在土夹石的洞壁上打出眼来埋炸药，洞子的深处摇晃着烛光，两个人掌钎，两个人抡锤，在上下两个地方打眼。除了这两根锤响，我还听见从洞壁的另一面传来的打锤声。陈启富同志光着头，白衬衫上有几处黄土印，他满脸流汗，打一下锤，“嘿”一声。忽然听见对面人声，“喂，喂！”又听见人说：“抓住钎子啦！”大家马上停了工作快乐地笑起来。陈启富同志高兴地大声喊：“腰宝[①]！”别的同志也跟着叫。对面的同志嚷着：“不要再打眼了！”我分享了战士们的快乐以后，又顺着山腰的交通沟绕到对面那个洞口去。在那里同志们一面装炸药埋雷管，一面还在谈刚才抓住对面打过来的钎子的事情。对面讲话的声音也听得清楚了。等到炸药埋好点导火索的时候，我们都到洞外去。爆炸以后，同志们在洞子里忙了一阵。我再进洞去看。洞里还有烟，同志们用铁锹铲土，装进小木箱。往里有几支蜡烛摇摇地发着昏黄的光，地上土堆得像一座小山。还有几个战士用十字镐在两边洞壁上刨土。“打通

① “腰宝”：朝鲜话，“喂”的意思。

了？”我带笑问道。“打通罗，”旁边一个年轻的四川战士得意地回答。我正要转身退出去，四川战士笑着问我：“你要不要走这儿过去？”我又听见陈启富同志在对面说：“过来啊！”他们让我爬过这座小山从对面洞口出去了。

我回到帐篷跟前，看见一班长姚湘源同志，我告诉他：“你们的坑道刚才挖通了。”他愉快地笑答道：“我们这条坑道土多石头少，比较好挖些。那一条，”他抬起头指着对面高山上那个大洞说，“就难多了，是坚石，每天进展不了一公尺，又容易坏钎子。”他说的是实在的情形。第二天早晨我就爬上那座高山，钻进石洞，三排的战士在那里掌钎打眼。两个眼都打得不深。铁锤下得勤，可是钎子老是在石头上转，不肯进去。“加油啊！”一个年轻的战士在旁边笑着鼓动说，

"不然这个月完成不了任务。"打锤的战士身上穿一件衬衣，头上还在冒汗，他一边下锤一边说："包你按时完成。石头硬总没有我们的决心硬。现在每一班增加了两个钟头的作业时间[①]，你还怕完成不了任务？"他说着兴奋起来，就更用劲把铁锤朝钎头上打，打了一阵，钎子尖碎了一小块，掌钎子的战士拔出钎子来，另外换一根新的放进去。

我走出洞子，顺着山路，翻过山头的缺口，走到对面那个洞口去。我刚走到由碎石堆成的小小平台上，就看见秦连长拿着指北针和一根细木棍从洞里出来。一个滚圆脸的胖小孩拖一个带轱辘的木箱跟在他后面。接着又走出来一个从团里来的干事。秦连长在一块石头上坐下，干事就坐在他旁边另一块

① 最初每班的作业时间是四个钟点。

石头上。干事掏出笔记本，拿出自来水笔，向秦连长问一些坑道作业的情况。胖小孩不断地把碎石拖出来。还有一个年轻的四川战士在后面推车。秦连长谈完话看见干事把笔跟本子放回袋里去，便对胖小孩说："你休息一忽儿吧。"胖小孩顺口回答："俺任务没完成，不休息。"秦连长温和地笑了笑，问一句："你多大？"胖小孩答道："俺十九！"秦连长站起来说："我替你拉一忽儿。"胖小孩摇摇头笑着说："不，不！"他们又把木箱拉进洞里去了。后来在他们休息的时候，我跟四川战士谈了一阵话。他今年二十了，刚订过婚，未婚妻在村里工作。他本来决定今年春天结婚，后来参加抗美援朝就把婚事搁下了。他未婚妻赞成他来朝鲜，他母亲不同意，两三天不讲话，他耐心劝他母亲："妈，你想想看，我们从前过的什么日子，吃的什么？现在过的什么日子，吃的什么？你还有什么说的，我的心在朝鲜，你把我留在家里有啥子好处？哥哥嫂嫂在家，有人照应你，家里又不缺劳动力，你还愁啥子？你还是让我高高兴兴地出去，我会好好工作，保卫祖国，保卫和平，将来立个国际功，不单是为祖国争光，也是为你争光啊。喜报寄回家，看你高不高兴……”他母亲终于同意了，并且亲自送他到区政府去。最近她还寄信来告诉他一家人生活很好，要他放心，并且鼓励他努力工作，争取立功。

我和秦连长一路下山，回到连部。我又上坡去找姚湘源同志。太阳把帐篷晒得十分暖和。姚湘源同志正在班里跟战士们讨论节约问题，记录战士们的发言。我没有打扰他；在铺上坐一阵就走了。我一直忘不了他那种用心记录的样子。这个从湖南农村出来的青年班长也是今年七月初反击战中的二等功臣。冲上敌人阵地，他真像俗语所说的“生龙活虎”！他打掉两条盖沟，炸掉两个地堡，抓住一个俘虏，替伤员包扎，又执行通讯联络任务，在阵地一直坚持到天明。他安全地回到同志们中间，敌人的榴霰弹连他的皮肤也没有挨到。他自己常说，他没有值得提说的功劳，没有把任务执行得更好，对祖国人民的支援和关怀感到惭愧。像这样有荣誉感、有责任心、朴素、谦虚、立功不骄傲的人在连队里是很普遍的。住在我对面帐篷里的连部通讯员李启成同志就给我一个深刻的印象。我跟他见面的机会最多。我常常看见他挑水、送信，担任勤务和其他的工作，空下来就拿一本小书坐在帐篷前面小茅棚里默读，或者伏在小木桌上写字。有时候他背起枪去出操上课，有时候他坐在帐篷口接电话，看家。国庆节晚上部队到友军大操场上去看本军战士演出队表演节目，回来的时候，我先到“家”，看见他一个人静静地站在连部帐篷前面。我想起白天他在同一个大操场上举行的国庆节庆祝大会上作为本连的代表讲过话，就问他：“怎么你先回来了？”他亲切地答道：“我晚上没有去。我看家。”这个湖北建始县的农村青年今年刚满二十，为了保卫祖国，为了保卫世界和平，离开自己温暖的家，离开新婚的妻子，来到朝鲜前线，在第一次的战斗中就很好地完成了上级所交给的任务，立下了二等功，参加了停战协定签字后全军召开的功臣代表大会。他觉得他得到的荣誉已经远超过了他为祖国贡献出的力量，在国庆节大会上对着友军首长和七百多个同志讲话，他显得非常拘束，可是他讲得简单诚恳：为了祖国的建设，为了祖国人民的幸福生活，他愿意献出他的一切。他不会说假话，他头皮上那块伤疤就是一个不可磨灭的证据。我相信他以后会用更多的事实来表示他的深厚感情。

李启成同志提到那一次战斗，就想起他过去的杨连长和马副指导员。那一个夜晚他跟着杨连长冲上阵地，杨连长给他一个联络任务，等他完成任务以后回去向杨连长报告，就失去杨连长的踪迹。后来他找到了马副指导员才知道杨连长已经牺牲，他记得他离开杨连长以后还听见杨连长在交通沟上喊：“同志们！为祖国争光，为毛主席争光……”另一个功臣刘达才同志也听见杨连长的叫声：“……同志们冲啊！”刘达才同志说，连长在经过洼部上主峰的时候，腹部挂重花。他看见连长一只手掐腰，一只手指挥战士往上打。到了主峰，连长看见上面还有敌人，就打出两颗手榴弹。过后站在坡上喊鼓动口号，被流弹打中牺牲了。一营陈营长曾经向我们谈过杨万忠同志，他惋惜地说：“这是一个经过锻炼的很好的指挥员，打仗很勇敢，可惜一时大意牺牲了。”文工队的同志说：“杨连长比较瘦，中等身材，出发的时候，我们在坑道口欢送他们。那天下着一阵一阵的小雨，他穿着雨衣带着出击部队宣誓，我还记得他那种英雄的姿态。”师政治部一位科长说：“他带着部队出发的时候，唱着：‘炮火震动着我们的心，胜利鼓舞着我们，中朝人民亲如兄弟，并肩作战打击敌人。’那个场面真叫人感动。”

马玉臣同志，被选为志愿军功臣代表，参加国庆节观礼代表团回祖国去了。在指挥作战的时候，他不仅勇敢，而且灵活，有办法。在战斗中他担负指挥攻打敌人坑道的任务。他不仅完成了这个任务，他还跟一个挂轻花的侦察员一起，用自己的武器，也用敌人的武器，打掉了敌人九个地堡，知道杨万忠连长牺牲以后，他感到自己责任的重大。在人员很少的情况下，他意志坚强，沉着果断，把剩下的人马上组织起来，明确地交代任务，并且教会战士们使用敌人的手榴弹，指挥他们搜索前进，炸掉三个暗地堡，打掉两条盖沟，最后又指挥战士们掩护五班副岳鸿发同志炸塌敌人最后一个大母堡，把指挥所的敌人全部歼灭，完成了最后的胜利。马玉臣同志在战后被提升为连队的政治指导员；他是这个连队的一面旗帜。国庆节后的星期天，战士们擦过枪刚在小河边洗好了衣服，陈营长带着全营三十几个文娱骨干从十几里外到这里来慰问这个连队的同志，他告诉卢副指导员：马玉臣同志的一等功已经批准了，还得到“二级英雄”的光荣称号。全连队把这个消息当作一件大喜事。

除了马玉臣同志，连队里还有一个一等功臣，那就是前面提到的岳鸿发。岳鸿发同志不仅炸塌敌人阵地上最后一个大母堡，而且在这以前，在部队冲向主峰，敌人的一个用钢板枕木和沙袋筑成的大母堡用五挺机关枪组成交叉火网封锁道路的时候，他一只手捏紧手雷，另一只手拿着爆破筒，弯着腰，穿过炮火跑到大母堡跟前。一个敌人端着枪守在母堡门口。岳鸿发对准敌人把手雷扔过去，在手雷爆炸的硝烟中，他连忙跳进交通沟，立刻把爆破筒塞进母堡里面，同时解决了三十几个敌人，打开了部队前进的道路。

功臣的名字太多了，英雄的事迹在连队里普遍地传播着。

文娱骨干在操场上表演了十一个慰问节目，歌的、舞的、唱的全是连队的生活。全连战士看得非常高兴，不断地拍手欢呼。节目完毕以后，战士们纷纷地跑过去跟自己的阶级弟兄热烈地握手。伙房已经把晚饭作好了。战士们殷勤地招呼客人吃饭。

晚饭后师部来的大车到了，放映队的同志们下了车，忙着搬运机器。陈营长拉着他那匹枣色大马过了小河，看见文娱骨干在操场上集合以后，他才跨上马沿着公路，朝太阳下落的方向慢慢地去了。文娱骨干们敲着锣鼓跟在他后面。

战士们又在谈论晚上的电影。他们已经知道片子的名字是《两个世界》。他们很兴奋，都说这是一个愉快的星期天。在这一天全连的战士都得到休息，连那三个整天在铁匠灶旁工作的年轻战士也换上干净衣服，在操场上看慰问演出，现在又准备看电影了。

我盖上了笔记本。门外飞着雪片。在坡上初一级教学班的教室里，战士们正在学习注音符号的三拼音，“己于举，举恩军”的声音穿过漫天雪花进到我的屋子里来。两个月中间我走了不少的路，我又在另一个英雄连队安了家。这是一个三等功臣连，在工作上、在战斗中都得到过荣誉，现在又准备在学习文化上创造新的荣誉了。在这个功臣连队里，我想起了马玉臣同志那个英雄连队。我知道马玉臣同志已经回到他的连队，连队也已经完成任务，拔掉帐篷，回到自己修建的新营房里去了。这个时候，在那些阳光充足的教室里，功臣、英雄和全体战士，一定坐在自己做的各式各样的小木凳上，专心地学习文化吧。我可以想象到那些年轻人脸上的表情。我仿佛听见我熟悉的声音在大声读书：李伦宣同志的声音，李启成同志的声音，姚湘源同志的声音，和别的许多“祖国保卫者”的声音。读书的声音响成一片，冲破朝鲜冬季的寒气，给我的屋子里带来了不少的暖意。我忘记了门外的大雪，忘了泥泞滑脚的山路，我心里充满快乐，我心里暖得很。我跟这么多的好青年、好战士生活在一起，我为什么不快乐？

1953年12月9日追记。

范国金与何全德*

一

我住在××山的时候，常常绕一个圈子从营部到三连去。那些天连队里任务比较多，只有少数人留在家里修补房屋，作过冬

* 本篇最初发表于一九五四年一月十五日《文艺月报》一月号。

的准备。连级干部中间也只有指导员一个人在“看家”。我去找一个叫做范国金的班长；我早就听见过他的名字，也有人向我描绘过他的面貌，谈过他的事迹。可是一连好几天他都不在班里，他出去执行修建新营房的任务去了。有一天，我以为我已经找到了他，但马上我就知道在我面前的是另外一个人。我看见的是战士何全德。拿脸貌来说，何全德跟范国金相似的地方不多。然而在他们的脸貌、身材和态度上，我也看到好些共同之点。最主要的是他们都没有那种使人一见不忘的英雄气概，他们都是忠厚老实的中年人。可是你跟他们在一起听他们谈过一阵话之后，你就会觉得你已接触到他们的单纯、真诚、善良的心，那时候连他们脸上那种谦虚的微笑，也会把你抓得紧紧的，使你不能不喜欢他们，使你过了许久都不能把他们的面貌忘掉。

何全德同志坐在炕上对我谈他的战绩。外面山上刮着风，房门掩上了，屋子里还有三四个人在谈工作。可是他们的声音并没有搅乱何全德同志的思想。这个从陕西省西安市出来的贫苦人，今年三十六岁了，以前被国民党抓壮丁熬过不少的苦日子，全国解放后翻了身，参加抗美援朝当了二等功臣。瘦脸上一对高颧骨掩不住他那和善的笑容。他说话声音不高，但是说得急，好像想把他的心一下子就掏出来让你看个明白。他说得很简单，仿佛那只是一些极平常的事情：他和少数同志在阵地上坚持了一天两夜，一共打退敌人的九次反扑，守住了阵地，他自己还下来五次，完成了联络的任务。

“这是每个战士都做得到的，算不了什么。”他带着歉意似地解释说。他好像希望我不去想它们，可是并不要我去想，事情自己在我的眼前展开了。

我看见他和同志们奔上一个山坡。他跑得那样快，脚步那样灵便。敌人打过来的空中炸的炮弹好像在追赶他，不断地在他的周围爆炸。两个同志倒下去了，他还是不停脚地奔向目标。在路上他找到了班长，班长正带一个组往上奔。他跟着班长上去。离山头不远了，忽然一颗空中炸的炮弹在他们的上空炸开了，他连忙趴倒在草上。他再起来的时候，看见一个同志正往前跑。他听见班长的声音："何全德，我胳膊挂花了。你们不要管我，完成任务要紧！"他再看另一个同志，那个年轻人仰卧在地上，没有一点声音。牺牲了！他心里颤了一下。他匆匆地把班长的伤口包扎好，把班长扶到一个隐蔽的地方，"班长，你安心待在这里，我去给你报仇，”他说完就跟着前面那个同志向山头奔去。他们跑得好快！敌人的炮弹连他们的衣服也没有挨着，他们就到了山头。一个人影晃出来，向他短短地问：“谁？”他听出来这是三排长的声音，马上回答：“何全德！”三排长声音温和地说：“这上头没有敌人了，你们到前面去。”何全德答应一声又往前面走了。没有走多远，旁边那个同志忽然低声说：“看，六班副在前头。”他已经看到了六班副的侧面，就高兴地唤一声：“六班副。”六班副问：“你们几个人？”他回答：“只有我们两个。我们班长挂花了。”六班副说：“好，我们不要分散了，三个人组织在一起，准备打敌人的反扑。”他说：“好，我们听你指挥。”他们一路走不多远，听见后面有响动，接着又听见他们二排副排长的声音：“你们是哪一班的？”何全德答：“四班的。”六班副答："六班的。"二排副带着两个四川新战士走了过来，一面说："你们三个都跟我走，要特别小心，注意敌人的暗火力点。"他们一面走，一面注意前头和左右两面。何全德心想：不要让敌人打伤副小队长才好。他忽然注意到前面左边树下有一个黑东西，马上火光一亮，他听见枪声，同时听见二排副的低沉的声音："敌人的地堡！"枪声响了一阵，他们都趴在地上。何全德从地上略略抬起眼睛瞅地堡，他看见子弹从枪眼里出来。他并不害怕。他注意地瞅着地堡。心里在盘算怎样上去打掉它。枪声停了。他听见二排副低声说："我挂了重花，你们赶快去把那个地堡打掉！"何全德呆了一下。愤怒真像一股火一样，烧得他浑身发烫。他从旁边爬向地堡的左侧，把手雷拔掉插鞘，朝着地堡门扔过去。只听见一个大的响声，他的身子也摇晃了两下，一阵烟、一阵土向他扑过来，地堡马上塌了。他很高兴，他想：二排副一定听见了这个声音，一定也很高兴的。他走到地堡跟前，从一个缝隙打进手电光去照：两个身材高大的美国兵倒在地下。“几个敌人？”六班副在旁边问道。他回答：“两个，可能没有死。”六班副说：“死了。你怕他们装死，我再打一梭子枪进去，”六班副端起冲锋枪朝地堡里一扫，接着又说：“我们再往前走。前面一定还有敌人的地堡。”他们顺着交通沟小心地往前走。他在前，六班副在后。他们竭力使自己不发出响声，一面提防着敌人的暗火力点。忽然一声枪响，一颗子弹从他身边飞过。接着又一颗子弹向他们打来。他们马上闪开。何全德看清楚前面那个防炮洞，就拿出手榴弹朝那里打进去。过后他们走过那里，他用手电一照，两个敌人死在里面，大半个身子让土盖上了。“这些胆小鬼！平时只会欺侮老百姓，”六班副轻蔑地说。何全德不答话，他想：“这样的敌人再多来一点，我也不怕。你打不死我，我就要解决你。”这时二排副带的那两个四川新战士跟上来了，他们又继续向前搜索。前面远远地有一个黑黑的东西突然发出一闪一闪的火光，同时响起了枪声，枪弹带着啸声落在他们前面。他们扑倒在地上。“六班副，我们没有武器，拿什么来对付它？”何全德低声问道，他望着那个大地堡想不出主意来，他们的爆破武器已经打光了。六班副马上小声回答：“我们就等着监视它，不要让后面的同志吃它的亏。有了武器再来解决它。”他们退到上面找一个隐蔽地方待下来，一面监视地堡，一面留心着从后面上来的人。就在这个时候，九班副带着三个同志上来了。当时九班副便是现在的八班长范国金同志，他和同志们是在另一个阵地上大破了敌人的地堡群以后转到这里来的。他们带的爆破武器也剩得很少。范国金上来以后，组织过一次爆破。执行任务的同志把手雷扔到地堡上，看见地堡炸坏了，可是过一会从那里又发射出火力，那个同志挂了花回来了。阵地上听见了敌人坦克的声音，范国金以为敌人要冲上来，就准备打敌人的反扑，派何全德下去联络。何全德接到命令毫不迟疑地下去了。敌人打过来的空炸炮弹没有伤到他。他到了待避洞，见到副教导员报告了情况。副教导员说："好，马上给你们送弹药去。你告诉他们要守住阵地，好好地打敌人的反扑！"何全德站在副教导员面前，红着脸用尽力气答道："请首长放心，人在阵地在！"他心里很激动，声音不大，而且再也说不出别的话。他很快地就回到阵地上去了。这一次他并不是一个人回去的，同去的还有几个送弹药的炮排的同志。他在前面带路，把他们安全地领到阵地上，他们放下弹药又背着伤员和烈士下去了。阵地上还是先前的几个人，可是有了充足的弹药，大家的信心更大了。敌人没有上来，却不时地打过来一阵空中炸的炮弹。下面那个炸坏的大地堡里还不断地发射火力。范国金叫大家赶快挖防炮洞，一面组织爆破，要打掉地堡。两个同志带着爆破武器去了，一个同志没有挨到地堡就负了伤，另一个同志把地堡炸塌了，可是地堡通大母堡，非常坚固，不久敌人的火力又复活了。何全德还在挖防炮洞，一排副已带一个班上来了。他把兵力布置好，叫每人抓紧时间挖好一个防炮洞，准备天明打敌人的反扑。天快亮的时候，何全德待在自己挖好的防炮洞里，他有点兴奋也有点紧张，他一双眼睛注意地望着山下，有时也掉头看一眼别的同志。他关心他们。他知道他们在他附近，他那一点紧张的感觉也就没有了。范国金离他近，从防炮洞里露出头来，好像在对他点头。他忽然听见一个同志低声说："敌人上来了。"一排副接着低声吩咐大家："准备好，等敌人近了再打。"他留神一看：灌木和野草丛中有一些钢盔在闪动，敌人果然慢慢地爬上来了。人数并不多，好像只有一个班。同志们沉住气，一点声音也没有。就只听见敌人的皮鞋声和树枝树叶的响动。大家眼睛也不眨一下，一直望着前面。等敌人爬到离他们二十多公尺的光景，一排副喊一声"打！"手榴弹和冲锋枪一齐打下去。敌人没有提防，一下子就给打乱了，他们还想抵抗，但终于受不了接连爆炸的手榴弹，连叫带喊地滚下去了。一排副说："打得好！大家要提高警惕，天要亮了，下一次敌人一定来得更多！”何全德暗暗地点一下头，心想：“我也知道，再多我也不怕。”天空变成一片灰白色，四周的景物渐渐地现出来了。忽然雨点凉凉地打在他的脸上、手上。下雨了，但雨声掩不住坦克的履带声。每个同志都知道敌人来了。他们看下面，两部坦克停在大地堡后面，敌人上来了不少，队形很宽，从两边上来，大约有四五十个人，到处都响着枪声。同志们静静地等着。敌人到了二十公尺以内，大家用手榴弹、手雷和冲锋枪一齐打，敌人也打手榴弹上来。打了一阵，敌人没有站稳脚就下去了。何全德只听见敌人在哇哇地乱嚷乱叫，不知道他们在叫什么。他看见有些敌人往两边疏散，有些死在坡上，有些往下逃。一排副负了轻伤，胳膊上流着血，他说：“我不要紧，我还可以在阵地上指挥打敌人。”何全德听到这个坚决的声音，觉得心里一阵暖和，仿佛浑身添了一股力量。他想：“我一定要学你的榜样。”雨已经住了，大家穿着湿衣在防炮洞内蹲着。接着敌人又分两路上来五六十个人，由三辆坦克掩护。一路向正面，一路向右面，冲到十几公尺光景，这一次打得厉害，但敌人终于被打下去了。不久又有三十多个敌人，由二辆坦克掩护冲上来，又让同志们打下去了。坦克炮打得更厉害，一排副负了重伤不能够指挥了。范国金就对六班副说：“我把一排副背下去，你在这里指挥。”六班副答一声“对。”范国金背着一排副下去了。这时候不过早晨八点钟光景。过一个多钟头，敌人又上来四十多个。范国金已经回来了，看见在阵地的同志只有八个，他又把兵力布置一下，把观察哨放得远一些，他自己也当了观察哨带一个组守在左面，六班副带着何全德他们守右面。敌人分两路上来，你挤我推地走到三十公尺以内，大家看得清清楚楚，两面一齐打，手榴弹、手雷飞也似地打下去。一阵爆炸声和一阵烟雾过后，敌人大半倒在山腰，剩下的几个也连滚带跑地下去了。这次敌人的反扑打下去以后，一个同志挂了花，阵地上面的弹药也剩得不多了，六班副又派何全德到指挥所去联络。这一趟他又把送弹药的人安全地领上阵地，而且在路上捡了好些敌人留下来的手榴弹，一起带到上面去。弹药充足了，送弹药的人也留下来守阵地。到十二点钟，又下起大雨来。敌人从对面高山上打过来一阵机枪。雨还没有停止，敌人又过来一百多人，大家注意地望着，一点也不害怕，没有人想到生死的问题。大家只有一个思想：坚决地守住阵地。忽然有一部分敌人钻进地堡下边一个大母堡里面去了，另一部分敌人冒着雨慢慢地爬上来，越往上，越慢。何全德看得清清楚楚，那些高个子满身是泥，仍旧你推我挤地朝上面爬。等他们爬到二十多公尺，先打下一个手榴弹，接着再甩下一个手雷，然后同志们一齐把武器朝下打。一阵激烈的战斗过后，残余的敌人退回到大母堡里面去了。六班副也负了伤，两个同志牺牲了。接着敌人又冲上来两次，冲得相当猛，但也终于被打下去了。这以后何全德又下去联络三次，三次都完成了任务。下午四点钟光景，雨已经住了，连送弹药的人在内，阵地上只剩了五个人，大家满身泥水，每张脸上只露出来一对带血丝的眼睛。他们看见公路那边小山上有两百多敌人顺着交通沟走下来，他们马上联络炮兵，等着敌人大摇大摆地走到公路旁边那片开阔地上，有的已经走上了马路，我们的炮打过去了，打得很准，敌人没有提防，一下子倒的倒、逃的逃，剩下的一些全跑回交通沟里去了。范国金、何全德和别的三个同志看见敌人狼狈逃命的情形，在阵地上拍着手哈哈笑起来：他们不觉得疲乏，不感到饥饿，也没有想到贴在身上的湿透了的衣服，他们为了整个战斗的胜利高兴。敌人受到这次打击以后，就再没有过来，母堡里的敌人也没有什么动静。天刚黑的时候，敌人上来过一个班，攻一下就退下去了。这一夜范国金和何全德坚守着的阵地上就再没有上来过敌人。天一亮，友军上来接防，他们五个人才撤到下面去。

这应该是朝鲜停战前最后一次的战斗吧。停战协定的签字保全了躲在大母堡里面的几十个美国兵的生命。真正发生过的事比何全德同志所讲的更复杂而且更动人。有一天我在另一个连队里听两个排长闲谈，那个年轻的排长在停战后看见大母堡附近有好几位我们的烈士，他们中间有的是打了手榴弹进去以后给母堡里射出来的机枪打死的，有的爆破武器打光了，就扑上去抓机枪堵枪眼，英勇地牺牲在母堡前面。年轻的排长肯定地说："只要再多一天的时间，我们一定可以把这个大母堡解决。"这个连队在那天早晨接了三连的阵地守到第二天晚上停火的时候。年轻的排长看见了许多事情。他谈了一些敌人的情况，最后谈到我们的战士，他脸上浮出亲切的微笑，说："我们的战士真好，真勇敢，真可爱。停战前一天我看见一个小家子[1]，腿打断了还待在上面，我问他'干啥'，他说：'我在坚持，在监视敌人。'担架员来抬他下去，

① 小家子：小孩子的意思。

他还不肯。”年轻的排长最后称赞道：“这样的战士，只要干部带得好，一定打胜仗。”

何全德同志就是这样的战士中间的一位。虽然他的年纪不小了，可是干起工作来，他并不比一般年轻人差。我们谈到他快要上岗的时候，他领我到他的班里去。那个战后新建的茅屋里有一个容得下一班人的大炕，铺了好几张狗皮褥子。他在自己的铺位上面拿起折好的棉大衣，又取下挂在墙上的冲锋枪背上，然后朝前沿阵地走去。在交通沟里他还回头对我说：“同志们给我评了功，上级给我记了二等功。其实我有什么功劳？我没有打好仗，对不起祖国人民的支援。”

他停了一下，从交通沟里走上几步土级，又走一小段路，到了岗位的近旁。何全德同志把棉大衣穿上，扣好钮扣，挂好枪，对我亲切地笑了笑，又说：“打完仗下来，有人来访问我们，问我那个时候心里想些什么事，我实在讲不出。在阵地上我就只有一个念头：多打敌人，把仗打好。敌人来就打，有困难就想办法克服。看见同志挂花牺牲心里不好过，就更恨敌人。我们同志们都是这样，我跟别人没有什么不同。我实在讲不出什么。”他说完就走过去，跟那个年轻的岗哨讲了两句话，换了班，站上了岗位。他的上半身从岗位上露出来。风吹过光秃的山头，吹到他那久经风霜的脸上，他连眼睛也不眨一下。坡上几棵白头的茅草让风吹得摇来摆去。“非军事区北缘”的木牌，就插在坡下不远的地方。两架直升机飞到对面大山后看不见了。我从侧面看何全德同志，他端着枪笔直地立在寒风里，脸上带着严肃的表情，两眼发光地注视着敌人的阵地。守卫在我们阵地最前沿的这座英雄山上，守卫在敌人炮轰了两年仍然屹立着的这座英雄山上，何全德同志显出了无比的英雄气概。我看到他这个侧面，我忽然想起他坚守在另一个阵地上的英雄姿态，我不由得从心底生出了尊敬的感情。

二

我住在××山的时候，一直没有机会见到范国金同志。我离开××山以后，有一天我冒着小雨翻过一座山，走了一个多钟头，回到我住过的地方去。我刚走到一连连部的坡下，就看见营教导员从连部的小屋里出来。他跑下坡来接我，我对他讲起我的来意，他不让我再绕一个圈子，殷勤地把我留在一连连部。他又用电话通知三连指导员，要范国金同志直接到一连来。

我在一连连部里坐了许久。王教导员和

一连刘连长都是熟人。我上次跟他们分别的时候，王教导员正在为他自己预备过冬的小屋运坯、砌墙，现在他告诉我，小屋刚盖好，一两天就可以住进去。刘连长那个时候负责在营部附近为新来的连队修建营房，他刚做好一根两公尺半的木匠尺，得意地把它一开一阖，笑着对我说："有了这个方便多了。"我了解这个木匠出身的指挥员的心情。今天他手上还拿着那根尺子，但白木上已经划好红蓝线了。他们对我谈了些战斗故事。谈到范国金同志，刘连长说："他这个人就是有一个毛病：不喜欢讲话。"教导员接下去说："我们好些战士都是这样：打仗很勇敢，就是说不出来。"我有点耽心，我想：在这两位首长面前，范国金班长一定讲不出多少话。

我在一连连部等了将近两个钟头，还没有看见范国金同志的影子，教导员打电话到三连去催问，三连的电话机出了毛病，讲不通话。我以为这天我又见不到范国金同志了。忽然门口有人大声叫：“报告！”教导员说一声“进来”。我看见一个身材短小的中年战士站在教导员面前举手敬礼。不用介绍，我就知道这是范国金同志。我觉得好像我早已跟他认识了。我已经在何全德同志的身上看见了他。我知道他比何全德同志小两岁，可是看起来他比何全德同志老，虽然同是身材短小的人，他却显得比何全德同志有力量。他先说明他刚在山下打了马草回来。外面雨已经住了，我打算约他到山头上去谈话，教导员却给我们安排了一个地方，那是一连郝指导员的住室。好几天以前，我看见郝指导员自己一手盖好了那间屋子，我还对他说过“盖得漂亮”。泥涂得匀，窗开得好，窗格做得工整。现在走进他的小屋，我感到非常舒适。屋里只有一张白木桌子和一个不算大的炕，凳子临时搬到别处去了，可是显得整齐、干净，而且阳光充足。我和范国金同志都坐在炕沿上，我坐的是靠近桌子的一头，为着便于记下他的谈话。他面对着教导员刚关上的那扇门，挺起身子坐着，从袋里掏出一包哈德门烟，一边抽烟一边谈起来。这个从贵州农村出来的班长讲话慢，声音低沉，不带一点激动，好像在讲别人的故事：

“我们出待避洞的时候，炮火还在上头打，等到我们出去了，炮火就离开了山头。我们一直上去。大部分的铁丝网已经被我们炮火打烂了。前面还有一道未炸开的铁丝网挡住去路。我回头一看，靠着敌人照明弹发的光，看见几个同志跟着冲上来了。我就举起爆破筒狠狠地把铁丝网打落下来，用脚踩住，指挥同志们跳过去。……我带第三组上去，一共是四个人。我喊他们，听不见，我用手一比划，他们就跟我上来，从左面插到敌人的工事后面，发见了敌人的地堡。敌人还在瞎打枪，自动步枪连发单发都有。我说：快点插过去，顺交通沟到地堡跟前。我们到了后面，敌人还不知道。我们甩了几个手榴弹进去，我又叫战士陈光福用爆破筒把地堡解决了。我们解决了第一个地堡，又赶快向前搜索，走不多远，吴光衡又看见一个地堡，对我说：‘那里又有个地堡，’我马上甩了两个手榴弹进去，又扫了一梭子冲锋枪，地堡塌了。我们继续往下搜索。敌人打了好多照明弹，照得很亮。我看见下面还有很多地堡，我就说：‘我们分开成两组，我跟李先和一组，陈光福跟吴光衡一组，两支冲锋枪一个组拿一支。’我又说：‘我们打地堡要沉着，不要慌张。’我们分开以后，我带着李先和顺交通沟摸进了三十公尺，看到三个地堡。这三个地堡离得很近，成倒三角形，敌人正在里头乱打枪。我叫李先和运动到侧面去。我自己隐蔽好，用冲锋枪向地堡扫射，把敌人的火力吸引过来。不提防李先和从侧面跳上前去，用手榴弹把前面两个地堡炸毁了，我就趁着爆炸的硝烟，很快地冲到后面那个大地堡面前，顺着枪眼，投进一个手雷，一翻身刚躲开不远，轰隆一声大地堡立刻就炸塌了。我们再往下走，我看见吴光衡和陈光福没有消息，就叫李先和去联络他们。我说：‘我在腰部等你们。’他走了以后，我又发见下面两三公尺远还有两个地堡，我接连用三颗手榴弹和一个手雷炸塌了第一个。第二个地堡里还在放枪，我没有手雷了，便又甩了三颗手榴弹，都甩进去了，敌人打死了，地堡还没塌，我使劲把两根木头一扳，土一松就塌下来了。我在交通沟里走了几步，忽然看见一个敌人从沟里跳上去，我马上用冲锋枪把他打下来。还有一个敌人朝我打枪，没有打中我，我也把他打死了。我在腰部等到李先和把吴光衡、陈光福带来了。他们告诉我：两个人一共炸塌了七个地堡。李先和也说是真的。他们问我班长排长在哪里，我说：‘他们在前头，我们快去找他们。’我们又朝前走……”

这样，范国金和别的三个同志就到了何全德同志的阵地了。范国金同志叫何全德同志下去联络以后，自己就和吴光衡、李先和两人把阵地上的三个伤员背到何全德同志先前炸塌了的地堡里面去包扎。范国金同志接下去说：

“我打手电照，看见里面有两个打死的敌人。我伸手一摸，有一个还有气，我打手电照他，用手一拉，就拉他坐起来了。我要他坐着检查，他腿上挂了花，在装死。给他一根纸烟，他笑笑，忽然讲出一句中国话：‘你们顶好！’大家给他烟抽，把伤口给他包扎好。他很高兴，我要别的同志好好看住他，后来让送弹药上来的炮排同志把他押下去了。……”

范国金同志讲的并不只这么一点。这个“不喜欢讲话”的人跟我整整谈了四个钟头。他不但谈到他的战绩，他还谈起他的身世，他还谈起他的爱和他的恨。他的声音变了，他的表情变了。他讲话更慢，中间停顿几次，他的眼里还有了泪光。

“我是个穷苦人，生下来没田没地，”他说。“家里有七口人，种地主的田，地主外号陈老虎，为人凶恶。我父亲欠地主租钱还不了。欠他二十块钱，他加利息算做一大堆，每年还他七八担谷子，还四五年，他还说没有还清。父亲没办法出去做长工，两年没有还地主的钱。地主说两年不还再加利息，又欠他好多好多，他要我父亲还他一条牛，十一担谷子。父亲说现在没有谷子，慢慢还他。陈老虎儿子当保长，他利用官方势力派人到我家里来把父亲绑起，送到区公所去，在那里吊起来打，说不还，就杀头。陈老虎儿子又派兵到我家来要钱。我们看见兵来都跑开了，留一个十八岁的妹子看家。兵来要饭吃，到屋里去找米做饭，看见我妹子，打她一枪托，就拉进房去。我们一晚上不敢回家。天亮以后，母亲一个人从亲戚家回来一看，我妹子睡在地下，讲不出话，衣服也撕破了。母亲就出来找我们，一面哭一面讲家里情形。我说：我们横竖跑不掉就回去吧。我们回来，兵又来了，把我抓去当兵。

他们说：‘你父亲欠帐，你就要当兵。’他们把我们一百多人带到遵义新兵连，后来开到湖南编进工兵营，过了半年多，我不知道家里人怎样，一想起，我就流眼泪。国民党匪官说我想开小差，就打我，叫我挑担子，挑七八十斤到百多斤，挑不起又打我。我后来真的开了小差，半路上又给国民党匪官抓住，说我是八路军特务，把我押起来，强迫我当伙夫，又要我守仓库，后来游击队来了，我参加了游击队。这样我才算翻过身来了。……”

从游击队队员到志愿军功臣，范国金同志还走了相当长的路。但是这条路跟他过去那些充满血和泪、充满饥饿和寒冷的日子比起来，却是平坦多了。他的眼界逐渐开阔，他的心灵逐渐发展，他的力量逐渐增长，他把自己的一切献给祖国，献给人民，献给和平事业。今天同志们尊敬他为英雄，给他评了一等功，他母亲还时常从贵州的农村里寄信来鼓励他立更大的功劳。而陈老虎父子和别的骑在人民头上的恶霸地主，则已经偿还了他们的血债，在人民的力量下伏法了。

“家里来信告诉我陈老虎两父子给镇压了，我很高兴。他们父子把我们一家人害得好惨。我父亲死了，我妹子死了。自己受过苦，更容易了解别人的痛苦。所以到朝鲜以后，听老百姓讲起他们家破人亡的情形，心里特别难过，我就想起自己过去的日子，不由得更恨美帝。受苦的人是一样的心。有时候我也想过，不说为祖国，为人民，即使单是为朝鲜这些受苦的老百姓，我就是死了也甘心……”

范国金同志一直没有停嘴，他好像还有许多话要说，可是连部的通讯员又来催我们去吃饭了。我们已经耽误了吃晚饭的时间，连部里桌子上还摆着我们两个人的碗筷。吃过饭的人围着屋角小桌子在下象棋。范国金同志一句话也不说，匆匆地吃完饭就告辞走了。我送他出来，他紧紧地握着我的手，接连说："我下次再来跟你谈。"我就站在外面，看见他几步爬上山去。太阳刚落在山头，把山上白砂土映成一片红色。范国金同志的矮小的背影，一下子钻进红光里面看不见了，好像他骑着红光飞到一个更高的地方去了似的。

1953年12月写于朝鲜。

三

两个月以后，××山上已经下过三次雪了，我又到那里去。这一次我就住在郝指导员亲手盖的那间漂亮住室里。晚上炕烧得很暖，我睡在郝指导员和刘连长的中间。指导员睡得最晚，他常常躺在炕上就着洋烛光念书看报，或者准备第二天上课的材料。连长睡在电话机旁边，熄灯后他还常常被电话铃声吵醒。我偶尔也听见他拿起耳机讲话的声音：或者营部有什么指示了，或者排里来报告什么情况了。那些时候敌人常常在夜间演习，照明弹、信号弹、飞机……在这个山上什么也看得见。他们半夜起来查铺、查哨的时候，我也知道，因为总有人打着手电进屋来交班，把木牌放到连长或指导员的铺上。轮到这一班的人就得起来，出去，走半个山，把每一间营房，每一个岗哨都查遍。

就在这间小屋里早晚我都听见坡下操场上的点名声。讲话的人有时是连长，有时是指导员，有时是副连长。除了山上的岗哨外，战士们都带着武器跑到这里来集合，他们是从各个排里来的，有的要跑过很长的一段交通沟，而且上坡下坡地跑一大段路。上课的时候也是这样。不过新建的大课堂比操场还低几十级。这些路我都走过，起初走起来相当吃力，后来走惯了，就觉得容易多了。副连长每天晚上熄灯后都要到最远的一个营房去，他就睡在排里。

站在这座山的山头，我们望得见远处的战俘营，那是敌人囚禁我方战俘的地方。十二月二十五日，我坐在观察所那个小小的“地屋子”里面，听见从战俘营传来的锣鼓声。锣鼓响了一整天！敌方特务在那里活动得厉害。他们千方百计阻挠解释工作的阴谋早已受到全世界的谴责了。最近他们好几次企图通过非军事区混到我们这里来，也没有能够进入我们守卫的地界。在这里我常常有机会跟战士们谈话。作为这座英雄山的守卫者，他们也深深感到自己责任的重大。

白天我也到营部去。营长和副教导员到师部开会去了。王教导员住在他自己修建的小屋里。他在我重来的前两天骑马去二连把腿跌伤了。他听见我的声音，就披着羊皮大衣，用一只脚从小屋里跳出来，有说有笑地紧紧握住我的手，好像见到亲人一样，我也有同样的感觉。他让我坐在他的炕上，喝着热茶，听他谈两个月中间发生的事情。他讲起范国金，讲起何全德，也讲起别人。他告诉我范国金入党已经批准了。他又说最近有几个年纪较大的战士，劝他们回家转业还不肯走，有一个老炊事员积极地要求把他留下。他送走他们的时候，也忍不住掉了眼泪。“我真舍不得他们，”他说，“可是他们也到了转业的时候了。说真话，在这个革命大家庭里住惯了的人哪一个又愿意离开啊？……他们走了以后我难过了好半天。”

教导员留我在他这里吃了晚饭，叫一个通讯员带着武器送我回一连去。天已经变了颜色，夜马上就要来了。我们顺着山上新修的公路走；在这条路上好像就只有我们两个人。十八岁的通讯员跟我谈起祖国人民慰问团来到这座山上的情形，他到现在还很兴奋。那些年轻的歌舞团的同志跟他们在一起生活了三天，一起包饺子，一起唱歌，临走的时候，战士们追着车子跑了好些路欢送客人。女同志们还在车上流了泪。谁能够轻易忘却那些亲切、热情、动人的场面呢？

我们到了一连的操场，天全黑了。我打着手电往上走几十级，上了坡，回到住室，连长、指导员正在同几个排长谈话，排长们刚刚汇报了工作。

过了一天，吃过早饭，我和师文工队的一位同志在交通沟里绕了一个大圈子，到三连去。连部在一个小坡上，还是过去那间小屋，不过为了挡风，正面的门给阻塞住了，在旁边另外开了一道门，又砌了一堵墙。坐在屋里，我感到比以前的确暖和多了。连长在理发。指导员不在屋里，通讯员说他在监督修课堂。我们又去找指导员，他正在一个搭好架子的大厅里，指挥战士们砌砖、平地，在屋顶上铺树叶、涂泥。他还没有忘记我。我们谈了几句话。他说：“文化学习开始了两个多星期，我们到现在才把课堂修好。不过这样总比在班排住室里上课好些。中间用雨布一隔，两个大班上课没有问题。”他向四下看了看，脸上露出满意的笑容。在这座炮弹片和炸弹皮满地的山上，没有木料，没有砖瓦，能够修起这样的课堂，的确是一件值得骄傲的事。

我不愿意打扰指导员的工作，就和文工队的同志一起出来。我们走了一段路，下了一个坡，看见二十多个战士在挖土平操场，他们已经在一个长满马尾松和野草的小坡上挖出一块长方形的空地来了。我们刚走到那个小坡上，文工队的同志忽然用手一指，说："那不是范国金？"我的眼光顺着他的手指望去。范国金正举起洋镐来。他的黑红黑红的瘦脸，略微突出的嘴唇和嘴上的小胡子……一点也没有改变。文工队的同志招呼他。他看见了我们，点一个头，就放下洋镐走到我们跟前，行一个礼，笑了笑，跟我们握手。"你回来啦？"他短短地对我说。我讲了两句话，问他："你们在平操场？"

"对罗，今天就可以弄好了，上军事课要有操场才行，"他短短地答道。

“现在开始学文化了？”我又问他。

“对，要当国防军没有文化是吃不开的。不过学文化比打仗更不容易啊。”他谦虚地笑了笑。

我们在坡上蹲下来谈了一会，我想起何全德，就问何全德是不是在站岗。

“何全德在这里。那不是？”他一面说，一面指着下面一个拿铁锹的战士。我看看，并不像。可是他把何全德叫过来了。何全德刚剃过头，脸上光光的，而且在劳动中间放下工作，额上还有汗珠，脸上也现着红色，显得比上次年轻多了。

“你又来了，在我们这里过年吗？”他笑着问。

“不，我过两天就要走的。你们学文化了？”

“是，这一次要好好地学，我还是在初一

级。有的年轻的同志已经学到初四级了，”何全德高兴地说。

我们谈了一会，我向他们告辞的时候，范国金同志告诉我，上次跟他在一起打过反扑的一个四川小同志，养好伤新近从祖国回到部队来了。那个小同志住在营部，名叫秦华生。

第二天我就在营部的卫生班里见到秦华生了：一个喜欢讲话、喜欢笑的小胖子。他回到三连以后不到两个月，因为工作积极，伤口又在流脓，教导员要他住到卫生班里治疗。教导员说：秦华生很勇敢。他挂了五处花，一个人拿两颗手榴弹爬下来，经过一个地堡，听见里面有人讲话，他喊口令，里面不作声，他又问谁，里面打出枪来，他就把手榴弹打进去，解决了敌人。那个时候他右膀已经负伤，他用牙齿咬掉手榴弹盖子，把右边下面一颗大牙咬掉了。

秦华生穿一身棉军装，坐在炕上，像对待熟朋友似地拿纸烟给我抽，一面摇动他那张带孩子气的大脸，一面不停嘴地讲他的家庭，他参军的经过，和他的战斗经验。他爱说这样的话："挂花时候右面膀子觉得有点痒苏苏，想用手去抠，又有些不敢。""我们打敌人的时候还开玩笑，但忽然看见一颗炮弹，绯红，很大，嘶嘶地落下来，我们连忙卧下，就不开玩笑了。"

我看见他常常拿出烟盒来，就笑着问他："你这样年轻，为什么要抽烟？"

他摆着头笑了笑："不抽烟多闷！"

几个卫生员都喜欢他，把他当作小兄弟看待。他们告诉我，他在这里努力学文化进步很快。他常常吵着要回到三连去，他们因为他刚开过刀，不放他走。

我离开××山的前一天傍晚我在卫生班的小屋坐了一会。我和卫生员们坐在一个他们自己做的小火盆旁边闲谈。秦华生同志也在这里，我是来向他告别的。他跟我谈起范国金，他说："我喊范国金老头子。他是个英雄，他打掉大小地堡四十多个。他平日很老实，连话也不多讲。可是打起仗来，很有技术。我跟他一起打退一次敌人的反扑。我看见他把手雷、手榴弹一一摆起来，一一摆在面前，我也学他。他真是个英雄。"

这应该是对范国金同志的最适当的称赞了。

1954年6月补记。

记栗学福同志*

一

在师部新建的礼堂里举行的晚会上，宣传队为祖国来的实习团表演节目，其中有一个是“栗学福英雄班”。这个演唱节目在掌

---

* 本篇最初发表于一九五四年八月十二日《解放军文艺》八月号。

声中结束的时候，政治部主任忽然站起来向大家介绍：当时的班长栗学福就在会场里面，他现在是一排的副排长了。接着栗学福同志就站出来跟大家见面，行了一个礼。

这是一个身材矮小、举止灵活的年轻小伙子。他的脸发红，露出微笑，也现了一点窘相。我还在那张脸上看到一种好玩的表情。表演继续下去。他在这一排的一个偏右的座位上，我常常偏过头去看他。他注意地在看台上的表演，愉快地笑着，起劲地拍掌。

散会的时候，我走到栗学福同志身边，我跟他谈了几句话，他告诉我他是安东宽甸县人，今年二十三岁。我们出了会场，他走的比我快，在黑暗中一转眼就不见了。我打着手电一步一步地下了坡，见到跟我来的通讯员小周。我提起栗学福的名字，小周说：

“他今天跟我们同车来的，说是明天一早要到开城去，参加捷克建军节的庆祝会。”我才想起来，这天下午师部派车到某地接我的时候，嘎斯车上已经站了好些人，栗学福同志也在上面，他们是从××山来的。我和另一位同志坐在司机台里面，在车上坐了将近两个钟头，车子在万山中间绕来绕去，等它开到师部停下车来，天差不多黑了。所以我当时没有记清楚栗学福同志的面貌。

这是我跟栗学福同志的第一次见面。

二

我在一个月以前就知道了栗学福同志的事迹，师里副政治委员对我谈过它，本军的报纸上也介绍过它。在“三打马踏里”的反击战中间，栗学福同志带着他那个班上去增援，炸毁了敌人十多个地堡，占领了阵地，在阵地上打退敌人多次的反扑，最后在联络不通、弹尽援绝的情况下，用身边最后的武器与敌人同归于尽，栗学福同志埋在炸塌的地堡里死去复活，终于爬回了阵地。

报上介绍英雄事迹的文章是团政治处一位干事写的。文章结尾有着这样的话：

……栗学福心里明白，便紧握爆破筒伫立在地堡口上，敌人扔来一颗手榴弹，地堡剧烈地动了一下，接着又是一颗燃烧弹，喷射着火花，敌人轻手轻脚地逼近。栗学福等到他们贴近，突然把爆破筒一拉，马上推出去，把它推到敌人中间，跟着一声巨响，地堡塌下来，他也昏过去了。

晚风吹进残破的地堡，栗学福渐渐

地醒过来，枪炮声在附近继续的响着，他等到天黑尽了，才忍着痛，慢慢地拨开身上的灰土和断木，爬回阵地。

我和小周在黑暗中走到对面山上我的住处，已经是朝鲜时间十二点了。可是我还不想睡，我点起洋烛，找出刊载栗学福同志的事迹的报纸，重读了两遍，竭力想把人和文章联起来，并没有成功。我的眼前一直现着他那张孩子气的笑脸。

这个晚上我做了一个梦。我看见栗学福同志从一个破地堡里爬出来，一身都是土，脸上有血。我问他带得有急救包没有，又问他伤重不重。他不回答，却只顾往前跑。我在后面追他。他忽然在前面倒下来了。我刚要跑过去，一颗炮弹正落在他身边，于是什么也看不见了。等我转过身去，他就站在我面前，带着一脸的笑容，完全是一个小孩子！

我醒过来，天已经亮了。我想想先前的梦，自己也觉得好笑。我走到小屋前面的平台上，管理科刘科长正弯着腰在那里洗脸。他告诉我去开城的人早已出发，副政治委员和栗学福都去了。

我在师部住了四天。可是我再也没有见到栗学福同志。副政委当天深夜就回来了。我们在一起吃饭的时候，副政委谈起开城的宴会，说栗学福很感到拘束，他不习惯热情的拥抱，而且他不会敬酒，不会跳舞。副政委还半开玩笑地说：“这不怪他，就是我也不习惯这种场面。”接着又说：“不过我也跟他说：‘你得学学，不然以后应付不了。’他只是眨眨眼睛，红着脸笑笑。”副政委最后说：“这班年轻人真有意思。”他高兴地笑了。

三

我离开师部的前一天，告诉副政委我想去××山。我在一个多星期以前去过那座有名的英雄山，访问守卫在那里的战士，而且和他们在一起看过电影。那座山的名字我太熟悉了。一九五二年夏天我住在它附近，每天看见敌人不分早晚地用炮轰它。

“正好栗学福那个部队今天刚换上去。”副政委说，“你可以去找他多谈谈。”

“我也要去，我明天送你去吧，”参谋长说。

第二天早晨五点半钟我和参谋长一起吃了早饭。他的小吉普坏了在修理，我们临时改坐嘎斯车，到六点半才开车。车子走的是另一条路，但仍然是在万山中间飞奔。路不太宽，常常有绝壁耸立在车旁。到处都有树木。远远望去，真是一碧无际。红叶树杂生在绿树中间，就像是绿叶丛中的花朵。车上一共不到十个人，车子跑得快，也抖得厉害。有一个时候它的速度减弱，它慢慢地在往上爬。路旁的树木渐渐地稀少……我知道快到目的地了。

车子停在××山脚下，就是我上次看电影的地方。上山的公路正在修筑，说是很快就可以行车了。但这一天我们还得往上走一百几十级山路，到营部去。

我们一下车就由参谋长带路，往上走。他一口气走完一百几十级，我跟在后面，走得我不住地吐气，仿佛心也要跳出口来了一样。但是我终于走到营部办公室前面的平台上了。那几间茅草房没有一点改变，掩蔽部也是原样，可是人全换了。不过他们一样亲热地接待我。

教导员招待我在洞子旁边一个掩蔽部里住下来。白天我喜欢在山上走一个大圈子，到连部，或排里、班里去访问。早晚常常有机会跟教导员闲谈。他是一个爱说爱笑的人，身材高大，声音响亮。他高兴谈战斗的故事，谈英雄的事迹，谈他那一个部队里的英雄人物。有一次他在平台上跟我谈栗学福的事，他蹲下来用一个小石子在砂地上画地形。

“他带的那一个班从这个待避洞出发，”教导员说，“他们朝××高地冲上去，在路上一共打掉十多个敌人的地堡，才到达主峰。这个时候除了班长栗学福还有六个人，就是卫生员陈岱光，战士杨启明、胡根基、邓大信、高士均、全文奎。他派江苏战士全文奎下去联络部队，一面跟陈岱光研究，决定由陈岱光代理副班长，因为陈岱光是候补党员。他们互相鼓励，不管情况怎样紧急，坚决完成任务。到了半夜，敌人开始反击，一共十一次，头三次敌人用一个班的兵力，以后用一个排，最后一次是一个连的兵力。到天快亮，敌人上来一个连，栗学福号召大家守到最后。邓大信已经牺牲了，他们五个人分两组守住两个地堡，准备和敌人同归于尽。陈岱光带高士均、胡根基守右边地堡，栗学福带杨启明守左边地堡。敌人先从右面上来，陈岱光和高士均、胡根基跳出去用手榴弹跟敌人同归于尽了。栗学福只看见冒一股烟，什么也看不见。爆炸声他听得很清楚，他对杨启明说：‘副班长他们已经跳出地堡跟敌人同归于尽了。’他话还没说完，杨启明就跳出去，跟着就听见很大的爆炸声。他知道杨启明牺牲了。敌人跟着又冲上来，打过来一颗手榴弹把地堡门口炸塌了。他等着敌人逼近，就拿起爆破筒，把弦一拉，顺着塌下的洞口小窟窿把爆破筒插到外面去。上来的七八个敌人都给炸死了，地堡也炸塌了。栗学福晕过去了。过了好几个钟头他才慢慢地醒过来，等到天黑，他慢慢地扒开洞口，顺着这条路爬回来了。”

教导员越讲越激动，手拿着小石子在砂地上画来画去。讲到一半他忽然站起来，丢开小石子，拍了一下手，继续把话说完。然后掏出一包“哈德门”，递给我一支，自己也取一支，点起烟来，默默地抽了一会。他取下烟连连地点头说：“真是好同志。全是好同志。叫你不得不喜欢，叫你不得不想念他们。栗学福这个人看起来就像个小孩，谦虚，朴素，可是干起工作又很有办法。你见过他吗？”

我告诉他我见过栗学福同志一面，我还说，过一两天我要到他那个连队去。

“他这两天就在这里修补公路，你要见他，明天我叫人去把他找来，他现在可以讲几句话了。”教导员说，脸上露出满意的笑容，看得出来他高兴他的部队里有这样的一个英雄。他听见我接连表示愿意到栗学福同志的连队去住几天。他就换过语气说：“你高兴到他那边去住两天也好，反正路不远，你可以骑牲口去。你还可以搜集卫生员陈岱光的材料。他今年不过二十二岁，却是个了不起的人。他出发前在祖国人民慰问团送来的纪念册上写了几句很感动人的话。等到他牺牲了，连里同志们收拾他的行李，才看见那本纪念册，上面有他留下一笔钱作永久党费的话，才了解他为祖国献出一切的决心。栗学福能够完成任务，多少也要靠他的帮助。”他把烟头丢在地上踏熄了。

我连忙问：“他那本纪念册还在不在？”

“交到上面去了，不过他那连里看过的人倒不少。”教导员答道。

就在这个时候，办公室的掩着的门突然打开了，年轻的参谋伸出头来，大声叫：“教导员，电话。”教导员便转身朝办公室走去。

四

我在营部住了六天，××山差不多跑熟了。晚上熄灯号吹得早。可是办公室里常常有人工作到深夜。有时我醒过来走出掩蔽部小便，还听见电话铃声。朦胧的月光下，在平台右面小坡上我看见岗哨的身形。我听见他问一声：“谁？”从那响亮的声音我知道这是通讯班的一个年轻战士。早晨我在掩蔽部的阴暗中听见起身号，屋子里真暗，只有窗洞口有一线光。可是等我走到外面，平台上已经摊开一片阳光。我遇到一连几天的好天气。空气很新鲜，风吹到人身上，叫人起一种舒服的感觉。战士们一天忙着锯木头、运坯、搭房架、修建营房和礼堂，有说有笑，非常快活。上操的时候，大家也很有精神。傍晚游戏时间里，战士们在操场里打篮球。营部通讯员在平台上打康乐球，有时候营长或教导员也参加。我白天爬山访问，晚上在隐蔽部里点着洋烛写文章，记材料。

第七天吃过早饭，教导员正忙着运坯砌墙自己动手修建过冬小屋的时候，我出发到栗学福同志的连队去，教导员派一匹马，驮着我的行李，一个通讯员跟在我后面，我慢慢地走下××山，走不到一个钟点就到了连部。团部在这连部附近，所以我放下行李，就到团部去看政委。

我在几个连部都听见人说，政委的身体

弱。他们都尊敬他，但是都喜欢叫他做“老头儿”。其实他比我年轻。有一天他到××山来找我，我们像捉迷藏似地，找来找去，都没有见到。现在见面真是所谓“一见如故”了。我在他的小屋门前等他，他开完会从山下跑上来，紧紧地握着我的手，热诚地留我在他这里谈几个钟头。他一口气谈了许多话。我看见他的眼睛发亮，看见他嘴角露出一点白沫，我感激他的好心。他告诉我他的一些体会，他讲出一些使他感动的事情，他谈战士们的英雄气概。他最后谈到栗学福同志，他说：“栗学福年轻，诚恳，不骄傲，肯学习，有办法，是可以好好培养的。一般人照他这种情形是活不了的。他自己也没有想到会回来。幸好那个地堡还有个内地堡，又没有完全塌，他不过给土盖住，所以后来居然醒过来了。”政委接着又谈陈岱光烈士，说："他亲笔写的决心书，很使人感动。他是准备死后给人看的，所以他的决心更大。那一张纸已经从笔记本上撕下来了，本来预备照相保存，没有来得及，就给上级要去了。很可惜，没有把它照下来。很可惜……"

我在政委这里吃过晚饭，谈到月亮上升的时候才告辞回连去。

五

在栗学福同志的连队里我和连长、指导员、副连长睡在一张大炕上。他们跟我同时起床，可是比我迟睡。在熄灯号吹过以后他们还要研究工作。我睡过一觉醒来，还听见他们在谈话，而且好几次听到栗学福的名字。

第二天我和连长他们一起吃早饭，我们谈起栗学福同志，文书说："栗学福下来的时候，脸肿成青紫色，脸皮破了，人也傻了，两天啥事也不知道。”副指导员说：“他后来才慢慢地把事情讲出来，讲得很老实。他认为自己没有完成任务。”我问：“他今天在家吗？”连长说：“他到××山去修路，不过上半天就会完成任务。”

果然在十二点钟以前我就见到栗学福同志了。他刚从××山回来，跟连长一路走。我正到一排的住室去。我们都在交通沟上面走，忽然碰上了。连长马上给我们介绍。我说我们已经早认识了。栗学福同志紧紧握住我的手，他用两只手握我的一只。我们相对一笑。我说：“到你们屋子去吧。”他点点头，说声：“对。”就领我到他的住室去了。连长一个人回连部去，临走的时候，还嘱咐栗学福同志：“你要好好地跟××同志谈，不要拘束啊。”

栗学福同志住在第一班的住室里，跟那个班的战士们睡在一张大而长的炕上。以前是一班长，现在升任副排长以后，仍然管理他那个班的同志们的生活。旧人只有全文奎一个。可是每个烈士都活在栗学福同志的心里。他们的名字常常在他的话中间出现。

“你要我谈啥呢？”他让我在矮凳上坐下来，喝了水笑着问我道。

“随便谈吧。你的事迹我已经知道了，我只想认识你，多见几次面，”我带笑回答道。我看见他谦虚地笑着不开口，便又加一句：“你讲讲你自己的事情吧。”

“好，”他坐在我对面，点点头说，一只手在袋里掏笔记本；掏出来并不翻看，马上又改变语气说：“也没有啥好说的。打仗的事情说起来也很简单。不是我们打敌人，就是敌人来我们打。我说不好，你听起来也乏味。”

虽是这么说，但他还是把他的战斗故事讲出来了。他的眼睛始终不朝着我，他好像在看门外的山景。话讲得相当快，我没法全记下来。我记得最后的一段是：

“一共打了十八次反扑，弹药、手雷，还有捡来用的敌人的武器都打光了。第十次连黄药也用上了，可是黄药受潮没有响，战士有的挂花三次，血流得多，够呛。同志们说：‘班长，我只有两个手榴弹了，’有的说，只有一个了。我说：‘有两个的留一个，只有一个的不许打了。’高士均挂花三次，胡根基挂花二次，杨启明二次，陈岱光没有挂花。我只碰上一点皮，没关系。最后敌人一个连兵力分三路上来。我说：‘同志们，情况危急了，大家平日说，要学硬骨头，学黄继光，现在后撤不能，不勇敢就可能当俘虏。祖国需要咱们的时候到了。咱们要实现决心计划了。’大家说：‘班长放心，我们决不能让敌人抓活的。’我说：‘留下的手榴弹决不能白响。’大家说：‘班长放心，我一个手榴弹，一定要赚两个敌人。’我又跟陈岱光商量怎样打敌人这次反扑，因为只有他跟我两个是党员，他是候补党员，就出来代理副班长。我们分成两个组，他带高士均守在我的右侧，我离他十多公尺远。敌人先从右侧上来，我听见手榴弹响了三下，我探头出去看，只见冒烟。我知道副班长他们牺牲了。心里说不出的难过。我看见胡根基倒在地上，一个敌人上来，他又跳起来抱住敌人，咬住敌人脖子死在一块儿。杨启明也拿一个手榴弹跑出地堡去，跑到敌人中间牺牲了。我在地堡里等待敌人，不一会敌人上来十几个，在下面时候是分散的，越往上越集中。敌人三路上来，十几个人集中在交通沟，我把爆破筒从枪眼里送出去，爆炸以后我昏过去了。当时天刚发白，我醒过来天已经大亮。地堡炸塌了，我就爬到里面那个地堡去。那里有木棒，有担架。敌人朝炸掉的外地堡扔手榴弹，没有伤到我。……

“等到天黑尽了，我慢慢爬出去，就往下滚，滚不到十几公尺，敌人就打起机枪来；我滚了一百多公尺，敌人不打枪了，我就爬上指挥所，见到副连长，再去待避洞住了一夜。副指导员要我下去。到后面，我心里难过，要药吃，他们把我送下去。我到了营部，管理员看住我不让上阵地去，我想法走出去，走一里多路，参谋又把我截住了，到第二天就停战了。”

栗学福同志停顿了一下，他看见我放下记笔记的自来水笔出神地望着他，忽然笑了笑，好像他想到了什么好笑的事情一样。他眨了眨眼睛，接着又说：“我下来的时候满脸都肿了，只觉头难受，脸胖，脚发胀，耳朵聋了几天，到现在有时候右耳还有点痛。当时只有一个思想：我没有好好地完成任务。所以我一定要再到阵地上去。参谋把我截住了，我当时思想真有点搞不通。”

谈起他那几个牺牲的战友，他到现在还难过。他说：“同志们都不错。每个人都打得勇敢，顽强。一直到最后没有人表现右倾畏缩。全班都是年轻人，干部们常说这是个小孩班。杨启明尤其好，湖南人，二十岁，各方面工作都好，在战地上讲鼓动口号最多。我现在还想念他。陈岱光不是我们班里的。这个卫生员真了不起，在危急的时候，他起了很大的作用。听说他出发前就在笔记本上写下他的决心。”

我连忙打岔地问他："你看见过没有？"

"没有，"他摇摇头，"我听见副指导员和文书这样讲的。听说上级要去了。"

我和栗学福同志谈到通讯员来叫他到连部去的时候，差不多谈了一个半钟头了。

下午三点前我又来找他。班里正在开"党群座谈会"，战士们有的盘脚坐在炕上，有的坐在炕沿，班长站在炕前面主持会议。栗学福同志盘着脚坐在一个角上，有时偏起头注意地听着，有时埋下头在笔记本上写字，有时温和地说两三句话。

"怎么不讲了？有意见尽管提啊！"他笑了笑。"多给我提意见。"

我坐在靠门的矮凳上旁听了一会。我没有听见别人提他的意见。可是他一直谦虚地微笑着。后来他又说："这次没有提，下次一定要提啊！平日也可以提的。"

下一天是星期日。营部的医生领着卫生员来检查住室卫生，在战士们的床铺上、被子上洒杀虫药粉。我跟着卫生员又走到栗学福同志那里。

“你们来啦！”他从一班住室里走出来欢迎我们，半开玩笑地捏住卫生员的手。这卫生员也是一个功臣，显然他们是很熟的朋友。他们谈了几句话，医生和卫生员就开始工作了。栗学福同志也帮忙把战士们的衣服收在一起，交给医生和卫生员用药水洗干净。

休息的时候，大家在露天里坐在用小木板和罐头盒做的矮木凳上闲谈。学生出身的卫生员蹇鸿章同志也参加了开城的宴会，他笑栗学福同志不会跳舞，怕喝酒，“他脸红起来就像一个大姑娘一样”。

“你瞎扯，”栗学福同志把嘴一歪，忍不住自己先笑了。

“你应当向陈岱光学学。他才是一个英雄！他多诚恳。”

“那么你是什么呢？”年纪不到二十的卫生员故意笑着反问道。

“我？”他把头抬起来笑了笑说：“我是一个战士，我要做一个人民战士。”

医生和卫生员又到另一个地方去了。我在栗学福同志的班里停留了一些时候。战士们有的出去洗衣服去了，有的在家里写信。栗学福同志摊开一封信在念。信是他哥哥栗学增写来的，告诉他家里的情形和他一个出嫁的姊姊的家庭生活。他哥哥说他父亲叫他放心，不要记挂家里。

“现在好多了，从前饭都吃不饱的，”栗学福同志望着我说，他满意地笑了。“现在我还有什么记挂的？我就只怕，我不能完成上级交给我的任务。”

一个同志来问他要打火机上用的火石。他慎重地折好信放在袋里，慢慢地对那个同志说："我就给你。你说你要了多少次了！"他笑着爬上炕去，把那个当作枕头用的包袱拿过来。他打盘脚坐在炕上，把白布包袱皮打开，在衣服和书本的中间小心地取出一个小纸包，打开纸包，露出十几节红色小火石来。他珍惜地看了一眼，说："拿去，"就把火石交给那个同志了。

"你不抽烟怎么会有火石呢？"我在旁边问道。

"这是上次朝鲜人民的慰问品啊，"他说，埋下头去把包袱包好。他动作慢，却很仔细，在这中间，他又拿起一本书来翻看了一阵。

我向栗学福同志告辞回连部去的时候，他殷勤地对我说："晚上来吃饺子啊。"

在晚饭前一个多钟头我又到栗学福同志那里去。在那个班的住室里有三堆人在包饺子。栗学福同志和三个战士都坐在矮木凳上，正在一块放在木箱上的黑板上面包饺子。他包得快，但并不太好。可是他非常感到兴趣地在认真工作。一个比他年轻的四川战士一面擀面皮，一面说笑："我一顿最多吃十二个。要我吃饺子，我宁肯去打仗。"

"你还没有打过仗，才说这种话。照道理说：仗打得好，才有饺子吃。不然谁还有功夫包饺子！"栗学福同志眨了眨眼睛，看看自己包好的那些个饺子，带笑地分辩道。

"那今天这些饺子都该你一个人吃，因为你仗打的好，立了功。"四川战士笑起来说。

栗学福同志停了片刻才答道："你真是个傻小子。单是一个人哪里打得好仗？我立功还不是靠了大家！……"别的同志还在讲话，他不作声了。

他们这一堆人先把面皮包光，大家主张把剩下的一点肉馅拿来打汤。包好的饺子拿到大锅里去煮了。栗学福同志和我一起走出来。我们走到交通沟上面，站在那里看四面的山景。

“这些山全挖通了，”他用手指指了一下，得意似地说。

“多大的工程啊！”我赞叹地说了一句。

“再有这样大的工程我们也办得了，”他用坚决的口气接着说了一句。过了一会他忽然改变了语调，用低沉的声音说：“看见这些年轻的小战士，我又想起杨启明来。他要是活着那多好！”他掉转身子走下交通沟，又说一句：“前两天他家里还来了一封信！”

我们回到一班的住室，饺子还没有煮好。

晚上栗学福同志到连部来开会。他坐在炕沿的一个角上，手里拿着一支手电。他简单地汇报了工作。散会的时候他走出来，我追上他，递一个纪念章在他的手里。他紧紧握着我的手，说：“谢谢，”接连说：“到我们班里来玩啊！”

第二天栗学福同志到师部听报告去了。再过一天师部派车接我回去。栗学福同志不在家，行前我没有见到他。连长学习条令去了，指导员上营部开会去了。我只有机会向副连长、副指导员、文书和司务长们告别。走出连部的时候，我朝壁上望了望，文件袋里还插着那封由湖南寄来的信。红白两色的旧式信封。中间一行写着墨笔字：“杨启明男亲收。”信安安静静地立在袋里，好像收件人还在连队里服务，不过出差去了似的。

六

后来我回到军部，在那里赶上“十·二五”，就是志愿军出国作战三周年纪念日。那天从上午起在新近开辟出来的球场上举行全军的体育运动大会。吃过早饭后我去排球场看女子排球赛，在观众中发现了栗学福同志。他虽然在看球，可是注意力并不在球上，他时而东张西望，过一阵又走开，一个人在旁边走几步，用脚踢了踢草地上的小石子，自得其乐地微笑着。我朝着他走过去，唤一声。

“栗学福同志，你也在这里？”

“你也来了？”他非常亲热地握着我的手。

“你来参加运动会吗？”

“我没有资格，我不会，”他觉得好笑地

答道。“上级要我来参加授勋典礼。”

“很好，我应该跟你道喜，”我很高兴地说，仿佛我自己也得到了勋章似的。

“听说朝鲜政府首长先到兵团，所以改到二十八了。还要等三天。我在这里住不惯，我想回到班里去，”他说，脸上仍然带着笑容，不过并不像是在开玩笑。

“参加授勋典礼多光荣，我想你一定很高兴，”我安慰似地对他说。

他望着我笑笑，眨眨眼睛，想了想，答道：“光荣当然光荣。可是功劳小报酬大也叫人不好受。我只希望多担任工作，多执行任务，最艰苦的，最繁重的，最危险的，我都愿意。让祖国人民知道栗学福就是为祖国流了最后一滴血，不要一点报酬，也甘心。”他把头掉开不看我了。

我把手伸过去，紧紧地捏住他的手，过

了半晌，才做出一个笑容，温和地对他说：“你放心，祖国人民已经知道了。”

他望着我，忽然不好意思地笑起来。这时球场上起了一片掌声。我回头去看：女子排球赛已经结束。在另一个球场上男子的篮球赛开始了。

“你喜欢打篮球吗？”他问道。“要不要去看看？”

“我不会。去看看也好，”我回答。我们便做了一场激烈的球赛的观众了。

七

过了一个月光景，在回国之前，我又到××山去。我去向守卫在这座英雄山上的战士们告别。我到达营部的时候，听教导员说，最后一批祖国慰问团的代表马上就要到了，营长在一连连部等着迎接他们。教导员在前一天骑马跌伤了脚不便多走动，他叫通讯员送我到一连去。

我翻过山岗，顺着公路走去。吉普车和嘎嘶车已经上山了。它们在我前面停下来。战士们穿着崭新的军服，佩着亮晃晃的抗美援朝纪念章。站在公路两旁拍掌欢迎。慰问团代表们下了车，战士们上前献了花，然后拥起代表们走了。两个战士扶一个代表走下一个很陡的坡到礼堂去。我走在最后，站在坡上，举步往土级上踏下去。前一天下过雨，地相当滑。忽然两个战士从两边把我挟住，一口气就跑到了礼堂门口。我已经知道了这两个熟人：栗学福同志和卫生员蹇鸿章同志。我向他们表示感谢的时候，栗学福同志说："老朋友了，还要客气！"

礼堂中长桌上有花，有糖，有水果。大

家坐下来。代表和战士混杂地坐在一起，营长站起来致词。他介绍功臣事迹。他第一个介绍栗学福同志：一等功臣，二级战斗英雄。栗学福同志站起来，向代表们举手敬礼。代表们不停地拍掌。代表们的眼光集中在他的身上，把他看得不好意思了。……

代表团离开××山的时候，战士们排队欢送，一部分代表把栗学福同志拥上嘎嘶车，请他到军里去看东北人民艺术剧院演出的话剧《春风吹到诺敏河》。我知道他一定喜欢这个戏，他原是一个东北农村的孩子。

嘎嘶车开动起来，车上许多只手一齐在挥动。这中间有栗学福同志的手。栗学福同志面带笑容亲切地向我点头，我不转眼地望着他的笑容，一直到车子弯下山去看不见了的时候。

八

这以后我在朝鲜就没有再见到栗学福同志了。

这次在××山上我住在一连连部（从礼堂上去，爬两个高坡便到那里），可是每隔一天我要到营部去一趟，去看教导员的脚伤。教导员的脚一天一天地好起来了。有一次我向他问起陈岱光烈士的事迹，他忽然说："你到卫生班去问问看。在那里也许可以找到陈岱光的材料，特别是他在笔记本上写的那段话。"

我马上到卫生班去，卫生班就在教导员自己修建的小屋隔壁。果然我毫不费力地在那里找到了陈岱光烈士的"遗嘱"，这是另一个卫生员抄录下来的：

一、坚决争取立功保功。自己是候补党员，争取提前转正。

二、这里人民币四万元[①]作为我永久的党费吧。

我默默地把这个二十二岁青年的“遗嘱”念了几遍，最后把它抄在我的笔记本上。我认为这个意外的收获是我从××山带来的最可贵的东西。

1954年7月6日。

---

① 指旧币。合今人民币四元。

后　记

这是我的第三个关于朝鲜战地生活的集子，也就是我第二次入朝的一点小收获。

我第二次到达朝鲜，正是朝鲜停战协定生效后的半个月。我在城市和乡村中一共住了一百五十天。我一方面看见美帝国主义者违反协定阻挠朝鲜问题和平解决的一连串的阴谋，另一方面看见朝鲜人民不辞劳苦重建家园的忘我的劳动。我生活在中国人民志愿军的部队中间，我感染到他们对朝鲜人民的热爱，对祖国人民的热爱，我更了解他们的由这种热爱发展起来的保卫和平的决心。他们的决心常常引起我的感激的心情。

我每每到了有话想说偏偏辞不达意的时候，就不由自主地拿起笔，写下一些类似通讯报道的东西。我不敢称它们为“文章”。因为它们只是一些试作。我当初原本想写英雄，也想写朝鲜停战后志愿军战士们的生活。可是我没有写出英雄人物的精神面貌，我的笔只写下一些简单的真人真事；我没有写出停战后朝鲜的情况，我的笔只触到一些战士的日常生活。

倘使热心的读者想在这本集子里找寻一点可取之处，也许就是一个“真”字。哪怕就是试作吧，它们也可以多多少少反映一点保卫和平的人们的心，而且从那样的心得到温暖。

1954年7月6日在北京。

附　录

赴朝家书选（一九五三～一九五四年）*

一九五三年七月二十七日

蕴珍：

我已于今日下午八点五十四分安抵北京。文协的几位朋友来接我，我暂时就住在文协。

---

* 选自《巴金全集》第二十三卷。系作者赴朝期间致妻子陈蕴珍（笔名萧珊）的家书。

也许过几天就要去朝鲜。车上奇热，寒暑表上到了九一九度半（华氏）。吃饭时汗流如水。今天也许是今年最热的一天，现在洗过澡，倒觉得凉快多了。

寄上报刊收据一纸，请转交采臣，刊物如仍未到，请采臣拿去查询。以后《解放军文艺》和《人民文学》如收到两份，请转送一份给平明。我很好。别话后谈。祝

好！

芾甘　五三、七、廿七

在车上看见小妹哭，我也流了眼泪。我真不愿意离开你们，但是为了工作，我得走。望你们好好保重。请告小妹好好学琴，待弟弟好点，我一月底回上海过旧年带她玩几天。

问候妈、瑞珏和萧荀。

芾甘

现在十一点十分，我要睡了。

一九五三年八月二日

蕴珍：

信收到，好像又跟你见面了。这些天我很好，住在文协，出街时候较多。城里的朋友大都看见了，谈得很高兴，可是闲下来，就感到心烦。我来迟了，要是早来十天我已经到了开城了。现在等着办手续，说是最近可走。你想我等得多心烦。迟一天就少看见一些东西。我在这里除了看朋友外，没有什么事情。最使我心烦的就是最近几个月上海的生活把我的精神消耗得太厉害。在朝鲜七个月的印象似乎全给磨光了。我想从事创作是因为我心中有许多感情，我非写出一部像样的东西来才不白活，否则死也不会瞑目。

至于别人的毁誉我是不在乎的。但要写出一部像样的作品，我得吃很多苦，下很多功夫，忙对我创作没有妨碍。可是像平明那样的人事纠纷或者舒服的生活会使我写不出东西来的。老实说，我不愿意离开你们，但为了创作，我得多体验生活，多走多跑，我喜欢孩子，看见别人的孩子，就想到自己的孩子。……

冰心已回来，见到一面，她的孩子都长大了。她问到你。梅尘未见到。东西送去了。译生见到，她和家宝都听见骏祥讲起小棠跌下楼的事，其实这是两年前的事了。徐成时也见到，他陪我去国际书店买了批法文书。他一天工作多，睡眠不足，因此对小孩不大感到兴趣。他的岳母来替他照应小孩。信写到一半，就被客人来耽误了。我一天很忙，其实没有事情。北京热，我晚上十二点睡，早晨八点起床。生活较有规律，身体不会坏。

问候妈和十二妹。

小林、小棠好。祝

好！

苇甘　五三、八、二

一九五三年八月五日

蕴珍：

我的行期还没有确定。我已和总政文化部陈部长谈过。现在等着一位从朝鲜回来的参谋长一路走。去年也是他陪我们去的。倘使等不及，文化部另派一个人送我去。大概三五天动身吧。我在这里没有事情，所以希望能早走。其实这里空的时间也不多，一天不是看朋友，就是朋友来看我。晚上看点书睡得较早，通常是十二点。昨天和家宝他们去看了“伏契克”的话剧到一点多才回来，两点钟上床，这是来北京后第一次迟睡。梅尘夫妇见着了，他们来找过我，没有见着，约我到他们家吃饭。他们生活还好，就是收入少，周敏把自己的书大部分都卖光了。翻译的书能早出，对他们当有帮助。萧乾去北戴河写剧本，他已把一百万元还给我，我买书买光了。书开始寄回上海，昨天寄出两包，今天寄五包。（写到这里得到总政文化部电话，说参谋长已走，后天派人送我去。）那么再见了。许多话以后再说吧。保重身体。行期一定，我心安了，但想到跟你隔得更远，也有些难过。杨静如夫妇也来过，她因小孩没处安顿不能出国，赵瑞蕻一个人去。顾师母太客气，前晚到她家去取帐子，她一定要放些牙膏牙刷肥皂在袋子里。孩子们都在家，相当热闹。她说常常在市场遇见方瑞，总问起陈蕴珍有信来没有？她说鞠躬要去上海，你一定见得着。我临走匆忙中整理行李，忘了好些东西。连漱口盅也没有拿，另外在这里买了一个。朝文字典也没有带。我当想法在那边另买一本。我想托济生买些苏联小说（俄文，除了我有的几部如《青年近卫军》、《金星英雄》、《荣誉》、《巨浪》外）。这些书的书价明年可能调整，我明年才能回国。所以我想早买了也好。上次写信请你汇款给社会文化事业管理局行政科订书汇出了么？如已汇出，请把汇条留下。时代出版社的《俄华辞典》请预订两册。

祝

好！

芾甘

问候妈和大家。小林、小棠好，还闹着吃棒冰吗？

《俄华小字典》寄还给你。

《语文学习》我已补全了。

一九五三年八月六日

珍：

今晚我睡得比较迟。我正在写信，忽然得到你的电话，可把我吓坏了。我听见你的声音我的心又安定下来。一切平安，这是多么好的消息。你一定接到我的信了。

前些天我心里很烦，因为行期未定，我在这里一直是无事忙。现在知道很快就能走，倒也心安了。我昨晚把行李整理了一下，铺盖卷也打好了，箱子决定留下来。我还是像去年那样地出去。不过今年的行李稍微多一点，冬天的衣服没法穿在身上。我仍然准备明年一月回来走一趟，住两个月再去。有了经验这次我会好好地安排一切了。再见，明年再见。在安东还可以发一封信。告诉你我出国时的心情。

祝好！

蒂甘　八月六日

问候大家

一九五三年八月七日

珍：

因为买票迟了一天，行期也延迟一天，说是国际列车，不知道怎样。明晚十一点上车。

总政文化部派一个通讯员送我到安东，

又是去年跟我去朝鲜的通讯员。今晚在赶一篇短文，现在差五分三点，外面下着雨，希望这是今年最后一次熬夜。

临行前给你们写这短信，再见。很想念你们。

苇甘　八月七日夜三时

一九五三年八月九日

蕴珍：

今天下午六点十分到沈阳，火车因避水绕道脱班两小时，否则可以搭五点二十五分的车去安东。在沈阳不耽搁，搭今晚十一点廿一分的火车走。去逛了一个新开张的大百货公司，为我那提包买了一把小锁。坐在候车室沙发上看苏联朋友打牌，觉得寂寞，想到你，写这封短信向你问好。我明早七点到安东。在安东动身的时候会再给你信。这次是我一个人旅行，通讯员只送我到安东，这正是我所愿望的。入朝后信也许写得少一点，但你万不要惦记我。我一定过得很好。再见。在这里晚上有凉意了。

祝好！

芾甘　五三、八、九夜十时

问候妈和大家，小林、小棠好。

一九五三年八月十日

珍：

我今天七点多到安东，下午有车去十九兵团，我决定下午走，明天可以到达兵团。到后再给你去信。再见。祝好!

芾甘　八月十日

通讯处：志愿军战字第四二一〇号信箱二排转巴金。

一九五三年八月十二日

蕴珍：

我已到兵团。沿途没有耽搁，相当顺利。要是迟走两天，到安东就得住下来等批准后才能入朝了。我明天早晨要去我去年住过的一个部队。后天晚上可以到开城。在那边大约住三个星期。以后来信请寄：

朝鲜中国人民志愿军铁字第四号信箱二连三排转巴金。

窗外大雨，我在一支洋烛光下写这信。

想念你们。祝

好！

苇甘　八月十二夜

问候母亲和瑞珏，问候大家。

小林、小棠好。

一九五三年八月十七日

珍：

现在我住在开城郊外一间农家茅房里。大门外有两个草堆，一只牛躺在地上。屋子里各种小虫飞来跳去，蟋蟀在屋内屋外高歌。昨天夜半失眠，为捉背上一条小虫，弄坏了眼镜架（我带了两副眼镜）。今晚爬在地上借着洋烛光写信向你问好。卫生员刚来洒过了六六六粉，又打过滴滴涕。通讯员睡在屋外廊上（这是兵团派给我的通讯员）打鼾，这种生活对我显得很亲切。我很好，出国以来，天天坐车跑来跑去，一直未停过，但我不累。过一两天要搬到代表团去，打算在那里住三个星期再回部队去。写字不便，以后再谈。祝

好！

金　五三、八、十七

问候大家

一九五三年八月十九日

珍：

八日信收到。我明天去代表团住三星期，再去别处。我已经告诉过你，我是八日夜十二点离开北京的。你写信的时候我还没有

动身。

这两天开城也奇热，我住在离开城十几公里的山沟中，也不感到凉意。晚上有风，夜半渐凉，可以盖上被子。今年比去年热，去年这时我也在开城。

见到信仿佛回到上海，很想见你们。想说的话多，一时也不知道从哪里说起。入朝以来一连跑了几天，今天在宿舍休息。我身心都好。见到我的人都说我比去年胖了，身体好了，你们可以放心。以后跑来跑去，有一个时期也许信写得少些，但是我不会有一时一刻忘记你们。明年一月底回国，行期不会改动。旧历年前我们可以在上海见面，共同欢度春节。的确我们应该在一块儿快乐地过一个节日。只有在分别的时候我才深深认识到我的生活中如何少不了你。再见。祝好！

金　五三、八、十九

问候妈和大家，小林、小棠好。

你去你父亲处时说我向他问好。

一九五三年八月二十六日

蕴珍：

到开城已一周，生活很好。见闻也多。打算再住十日，即到部队去。在这里也是住老百姓房子，有床，有书桌，有电灯。窗外有一葡萄架。前几天奇热。今天下雨，突然转凉，我已穿上绒线衫。黄宗江住处离这里不远，尚未见着，他曾托人带来一信，说要找我，也问起黄裳。前天看过《西厢记》，不太能欣赏。最后一场如果改一下还能够动

人。别话后谈。祝

好！

金　八月廿六

问候母亲和大家，小林、小棠好！

短文（《入朝散记》）共五段，写得不好，拟请这里政治部主任看过寄去，故不再寄你转了。文章写得不精彩，也不必给你先看了。这里许多熟人见到我，都说我胖了。你们可以放心。替我寄一本《家》给家宝，你替我写上几个字吧。前星期离开前进部时，他们送我罐头、两条烟和两斤白糖，我把烟退回一条，别的退不掉，白糖开始在溶化，因此我每天要吃几碗糖茶。前进部和友爱部对我都很好（前进部还有一个对我很好的朋友回国休养去了，未见着）。你们用不着再为我担心了。倘使以后较久得不到我的信，那一定是我下连队去了（在连队里写信寄信不方便，而且慢），我回到军部后会给你写信的。而且有时跑来跑去的确没有写信的时间。

绍弥的事是否已决定，请催靳以想办法。

济生是否仍和静远太太通信，请代我汇二十万元给她。今年苏联出有插图本的托氏著作，请济生注意代我买下。

昨夜下了一夜的雨，今天天晴但仍刮风，天气相当凉，秋天来了。

二十七日晨七时

一九五三年九月九日

珍：

十日前寄出的信想已收到。我在开城住了三个星期，到处跑了一阵，今天就要动身到部队去。一时不会回开城了。在这个窗前有葡萄架的屋子住了三星期，房东有两个小孩，一女一男，男孩跟棠棠年纪相同，看见他们就使我想起自己的孩子，想起自己的家。你们都好吗？三个多星期未得你的信了。瑞珏寄来的《英雄中间》二十册四日收到，是战字四二〇号信箱转来的，谢谢她。我很好。这里天气变得快，晚上很冷，前两天着凉害伤风，三四天不舒服，昨天已经好了。到部队后生活方式也许会改变一下。在连队里寄信慢，食住等也许没有在机关方便，恐怕不能常写信给你们。但我月初要回到兵团去住两三天，我还留得有一件行李在那边，到十月初也用得着了。想念你们。望你们保重身体。祝

好！

金　九月日晨

问候妈和瑞珏，小林、小棠好。

记住年底前为我续订《新华月报》。

明年《苏联文学》续订时，请代我订德文、西班牙文两种。

一九五三年九月十三日

蕴珍：

从开城来到这个山沟已经三天了，明天就动身到连队去。这里一天水声不绝，虫声不止，鸟声不停，整夜都可以听见小溪流水声，倒像是一个避暑胜地。我是第一次到这里来的，但也已经认识了好些朋友了。

在连队里不会给你写信，但你可以相信我很好，我一直在想着你们。三个多星期没有得到你们的消息，大约是信转来转去搁在路上了。我相信你们也都好。朝鲜天气近来时冷时热。前几天冷过一次，这两天又暖了些。不过大冷的时候快到了。去年在朝鲜过的冬天日子不多，今年得好好地过一下。

在开城见到黄宗江几次，他在开城过得很好，谈起你，也谈起黄裳。可惜黄裳调回上海了，要是他在开城，他一定会看到不少新鲜事物。请替我问候他。

离开你们已经五十天了。不能不说时间跑得快。再过两个多五十天我们便可以再见面。入朝一个月，工作成绩不大，以后四个月准备努力钻进生活里去。我的身体还能够支持。想说的话太多，写出来的总是些不关重要的普通话，但我的心情你一定知道。我不往下写了。

祝你好。

金　五三、九、十三

问候妈和大家，小林、小棠好。

一九五三年十月六日

珍：

九月八日寄出的信昨天才收到。整整有四十七天没有得到你的消息。有时想起你们有一种说不出的感觉。我到连队里来快三个星期，也无法给你寄信。今天下午要坐车回师部，现在坐在矮帐篷门口给你写信。我在这个帐篷里住了一个星期，除半个落雨天外，都是大太阳的好天，早晨五点起床，晚上八点半睡觉，早晚相当冷，有时一天大雾，土地上铺点草，再铺一层雨布和油布，一落雨地就潮了。但铺盖在白天晒过太阳后，盖起来非常暖和。我很好，一个月前在开城感冒一次，有三四天不舒服，但后来也就自然地好了。我的生活过得有意义，但常常想念你们。倘使有写信的条件，我会给你们写信，不写就是我抽不出时间，并不是我生病，你们不要耽心。这次入朝文章只写过两篇，一共不过六七千字。但写一本小书是不会有大问题的。写大东西现在实在无把握。入朝后除在兵团寄过一信外，在开城郊外寄过两封信，在开城寄过两封，在这个军里寄过一封。这封信是第七封了。不知道这前面的四封信你都收到没有？在开城发的第一封信（八月十七日寄出），内谈到的稿子是同时寄给唐弢的，昨天已得唐弢九月十一日来信说稿子收到，那么你也一定收到了我的那封信。你寄在战字4210号信箱的信我只收到第一封（内有照片），我希望第二封一定转到了（第二封今天也转到了）。话很多，说起来太琐碎，就跟那晚上通电话一样，什么话都忘了，只觉得想说的太多。没法说。

关于平明我没有别的计划，我的意见已在临走前谈过了。我远在朝鲜也管不了事情。西禾可以贡献点意见。你代约稿，是很好的事。望多约古典的译稿。见到王道乾，则请他多译新的作品。他要参考的法文社会主义辞典放在留声机改的书柜盖子底下，不要忘了。见到西禾请催他早交译稿并拉稿。在北京听见说杨必事不成功（郑振铎讲），那么她的译稿可以给平明了。还有一件事，请费神办理：请济生、采臣或你去国际书店看看，苏联小说除《金星英雄》、《青年近卫军》外，请尽量替我买下（尤其是《静静的顿河》）。旧俄古典作品新版插图本也请替我买下（还有《奥涅金》歌剧的全套唱片）。因为明年可能涨价，反正要买，还是早买的好。又请打电话给赵家璧，请他留意如国际有英波或波英，英罗或罗英，英匈或匈英字典请他替我买下。我在北京时听说国际到过已卖完了，我只买到英保和保英的。英捷和捷英的赵家璧曾买过送给我了。总之请你们留意，有好字典都替我买下。搞翻译工作，字典越多越好。见到你们照片很高兴，好像又回到你们身边。我入朝后照过好些次相，但自己连一张也没有看见，倘使有一张寄给你们看，那多好。

五日

以上的话是昨天在连里写的。昨晚上回到师里来看文工队的表演，今天又收到你九月二十的信（八月二十的信也转来了）。现在点着蜡烛，在大树下写字，先回答你几件事情：

1.我那副弄坏架子的眼镜仍放在提包里，不过架子已用线绑好了。用不着另配，我还有一副眼镜。

2.普希金集插图本放在留声机改装的书柜内，盖子底下。

3. 我的衣服够了，不过这里早晚冷中午热，穿衣服颇麻烦。多了在中午不行，少了早晚不行。

这封信在师里发，也许会到得慢些。但我一时不到军里去了。我想在师里住三四天写篇东西，再到前面连队去，本月廿五以前到铁字信箱去一趟再回来住些时候。别的话以后再写。祝

好！

金　十月六日

问候妈和瑞珏。

小林小棠好。

一九五三年十月二十三日

蕴珍：

我今天从连队里回来，打算一两天回兵团去找李希庚谈谈计划，并且把留在那里的棉军装拿出。天气渐渐冷了。早晚得穿棉大衣（大衣我早带来了）。毛衣也穿上了。可是中午还相当热，晚上在房里写字还有苍蝇叮人的脸。

我在一座山上住了十天光景，太阳下看见蛇伸起头在路上跑，那里蛇特别多，跟我的那个通讯员就打死两条。朝鲜山里到处都是红叶树，风景比得过杭州，我天天爬山晒太阳，睡得早起得早，所以身体还好。

两星期只写了一篇东西，不过七千字，每晚点洋烛写一点。今天就给《文艺月报》

寄去。还有写三篇文章的材料，慢慢写吧。济生的小书看见了。

我回国期大概不会改动。我在朝鲜衣着吃用都不缺。我担心的倒是回北京以后穿什么。我也许就穿棉军装回上海，也许在北京买点衣服，倘使要在北京耽搁的话。

看报知道吴克坚到朝鲜来了，可惜他在东线，不然倒可以看见他。黄裳怎样？他没有去北京参加文代会么？小林的钢琴有无进步？请记住她生日那天替我买个大蛋糕给她。三哥忌日快到了，你们去“虹桥”时不妨照个相寄来。我这次入朝后照相不少，可是我一张也没见着。别话后谈，到兵团后还可以写信。祝

好。

金　五三、十、廿三

问候妈和大家，小林、小棠好。

一九五三年十月二十九日

蕴珍：

十月五日信收到。我大前天来兵团，昨天去离这里好几十里路的一个朝鲜县长衙门，访问一些人，看两个战士的坟墓和他们在几个月前因从火中救出朝鲜妇女牺牲的地方。昨晚受到县长的热诚招待，炕热被厚，半夜还有人烧炕，弄得我满身大汗，一晚没睡好。早晨起来在温泉里洗澡，用温泉水漱口。县长前年参加访华代表团（农民代表），到过上海，谈起来很熟。今天下午回来才发觉住房漏雨，衣服书籍打湿一小部分。我昨天锁了门走，招待人也无办法。叶艾生事可催采臣想法，劳动局说过没有校对人材，可以自己找人。怎么又有问题？我觉得你如不逼着采臣早点弄好，你如何安置叶艾生？采臣做事机械化爱打官腔，如果不改，以后全部事情让他一个人去干，省得找麻烦，自己留点时间念书还有用处。还有一件事：倘使隔壁房子空出不要错过机会。我身体很好。近来胃口也不错。前一个月光景有五六天胃口很不好，每顿吃得少，而且得吃消化药，当时，我倒有点悲观，后来也就过去了。十八九天前，天天爬山累得一身大汗，人反而好得多。昨天在朝鲜食堂吃两顿饭，今早一顿，每顿都是一大盆饭，（为了礼貌得吃光。）昨晚饭后又吃花生苹果等等。连开车送我去的司机同志也替我担心，他说他吃那一盆饭已经很够了。我担心胃痛，结果并没有。我很高兴，身体是很要紧的，我活得好，能做事情还是靠这个身体。否则在朝鲜会支持不了。你们不要为我担心。我很想你们；从朝鲜回家没有礼物带给你。但对两个孩子我已找到送他们的礼物了。明年一月我回来再告诉他们。《黄文元》在志愿军中间，说它好的人也不少，但北京有一位青年工人来信说写得很坏，甚至不如一般报纸上刊载的作品。他说前半篇可以删去大半。他的意见正是我事前料到的，我不愿在《文艺月报》上发表它，正是因为有这样的读者，要是把《黄文元》发表在我自己“主编”的刊物上，会有人写信骂得狗血淋头的。读者多，意见多。有时候一个人就把自己看作群众，弄得作者无办法。健吾未去参加文代会，郑振铎提意见，这是对的。健吾是个有修养的作者，如能克服自己的缺点，前途未可限量。不帮忙他进步，把他关在门外，这是损失。

金　十月廿九日

问候妈和大家，

小林、小棠好！

一九五三年十一月五日

珍：

前四天托李希庚带回国寄发的信想已收到。我这次回来主要的工作是去一个连队搜集材料，写点东西，顺便找李部长谈谈，把放在他那里的冬衣带下去。现在短文已写完（将来还想写一短篇），李也走了。我的工作已经完成，过两天我仍要回部队去。这封信以后也许要过一个月才会写信给你，在连队里寄信慢，且不方便。

我可能年底或年初回到兵团，再从这里动身回国。倘使没有特殊情形，我的计划不会改变。回国后在北京不会多耽搁，大约一星期到十天左右。以前写信忘记提到冬衣的事，我留在北京的只有夏天的衣服。倘使方便，请你托人把我的冬大衣和一套呢制服带到北京顾师母处（邮寄也行）。那么我到北京以后就可以换装了。

这两天在这里看了好些书，采臣寄来的书大半都看过了。梅里美的东西不错。傅雷译文还可以，但把作者姓名译作梅里曼，我颇不赞成，因为嘉尔“曼”和梅里“曼”在原文是两个不同的拼音。“育才”照原来的音应该是“何塞”。你的文字有一种好处，就是清新气息。但你容易犯生硬晦涩的毛病，这应当避免。我介绍你读点白居易的诗、赵树理的文章、李季的诗。这些文字平易明白，生动，读读这类文字可以治你生硬晦涩的毛病。家宝的戏也可以再念念，你不会去摹仿别人，因此也不会失掉自己好的风格。多读别人作品只有好处。你译《初恋》多花点功夫，初稿写清楚一点，以便自己随时修改，将来出版一定要比《阿西亚》更好。

河清来过一信，使我感动，话语平易，但充满友情，靳以来一信也是如此。我看到他的小说集，印九千，旧年前他收入不错，可以缓一口气，我也为他高兴。我看到《文艺报》上批评黄裳的文章，有道理，但措辞太严，对黄裳也许有好处。我并不完全同意那文章的意见，但希望黄裳能虚心对待它。

别话下次谈，请记住，过了十二月十二日就不要给我写信，也许我不会在朝鲜接到了。

问候妈和瑞珏、小林小棠好。祝

好！

巴金　五三、十一、五

珍：

信刚封好，又接到你廿三日的信。拆开再补写这一页。我十月初给你写的那封信虽然比给萧荀信早一天封好，却是同天发出的，我想不会遗失，也许过两天就会到你手中。我很好。回国期不会大改动，一月回国，多半在上半月，但不一定。

小说没有眉目，这三个月我没有想过小说的事情。我在朝鲜也许不考虑这个问题。目前只想多了解生活，多认识人。我宁愿将来再到朝鲜，不想改变计划。在这里你接触的是生活，不会考虑到创作。但有时得写点通讯报道。这个任务倒常在念中。……一个人能看清楚自己，实在不容易。有人喜欢欣赏自己，我却觉得友情是最可宝贵的东西。我希望你多看几部别人的稿子，这也是有意义的工作，不过你得多花点功夫认真看。你如果做了我第二，倒好了。我就可以抽出身来了。

祝

好！

金

一九五三年十一月八日

珍：

这封信预备到年后寄发。我给家璧写了一封信，有这样的话："蕴珍来信说，你送版税去，谢谢你。明年一月起我在晨光的三本书版税率减为百分之十二，明年售出的书都照这样计算版税。我在平明出的书也是照这个版税率计算的，这样书价也可以减低一点。"我还想把文生的书的版税也减一下，回来再谈吧。以上的话是前天写的，现在我已到军，明后天去连队。这封信以后可能过一个月才会写信给你。什么时候会见到你的信，现在还难说。因为转信较慢。即使没有你的信，我也知道你过得好，同样，没有我的信，你也可以相信我过得好。我行期大概不会改变，我要回国以后才能考虑创作计划。我还想在上海仔细地读两个月苏联的战争小说，看别人怎样写战争，好好学习一下，才回到自己身上，看自己是否能写。前信说的冬衣问题能解决否?（就是说把冬衣带到北京，我回国好换装。）钱我不需要。别的什么也用不着了。这个月底请给大嫂汇二十万元去作过年用吧。静远太太那里也想汇点钱去。昨天得济生信说国煜生男孩，你想送点什么东西去好呢？你斟酌办吧。小林顽皮也得讲讲她，不要骂，慢慢讲道理也许更有用处。话很多，

时间有限，说不完，不写了。祝

好！

金　十一月八日

问候妈和大家，小林、小棠好！

你多帮平明看看稿子也好，你忙一点我可以闲一点了。而且你能组织一批稿件，对平明也有好处。

一九五三年十一月十二日

珍：

前两信想已收到，我今天到了连队，这里有人回安东，托他带去一信在安东投邮。气候已到零下五度，但尚未下雪，这里比东北还暖和。我很好，请勿念。有两件事再在这信里谈一下，也许它到得快些。

一、冬衣如无熟人带交，寄给顾师母也行。只要一件大衣，一套呢制服（带帽子）。因为我已穿上棉军服，再过两个多月回到北京一定脏得可以了。

二、请马上寄《英雄中间》、《英雄故事》、《会见彭司令员》各十册到朝鲜中国人民志愿军战字第一六五〇号信箱二排一班转。上次写信要采臣直接寄到这个通讯处的书，如已寄出，可扣除不必再寄。托采臣、瑞珏办。

这封信的回信可寄战字一六五〇号信箱二排一班转，其余的信和书仍请寄铁字第四号信箱二连三排转，因为我在年底以前一定回兵团，信走得快慢不定，要是走慢了，我会离开现在这个部队，收不到了。祝

好！

尧棠　十一月十二日

寄给你一片朝鲜的红叶。

我现在计划是这样，再在连队住四十多天，回兵团写点短文。回国后考虑是否能写长篇，好好把材料消化一下，多看一些苏联战争小说，然后定计划，要是能写东西，缺些什么生活和材料，再去部队补充。要写较好作品还需要用两三年时间。

问候妈和瑞珏，小林、小棠好。我回来要小林弹琴给我听。

现在是十一月十二日下午一点二十分。这里开始下雪，松针沙沙地响着。红叶在我的笔记本里夹了两个月了。

一九五三年十一月二十六日

珍：

三个星期未见到你的信，好吗？我住在

连队里，二十日下午陈沂同志找我到开城去谈谈，看了梅、周的戏，又见到吴克坚、熊佛西两位。吴克坚叫人给我照了相，说是给你带去，我真感谢他们。

我一直很好。你们不要挂念。我明年一月底一定可以回到上海。文章，长篇没有眉目。我跟陈沂谈了一阵，觉得还是先写点短东西，长篇以后慢慢说，明年回国住一个时候，再考虑来朝鲜多跑几个地方。短篇虽也写得少，但一本小书可以完成，回去还可以写一本短篇小说。

时间过得快，离开上海已四个月了。看见上海来的人更觉亲切。请你打电话托萧荀给我买一套去年七月发行的《伟大的祖国》纪念邮票（敦煌图案），全套四组十六张，我只买过有飞天的一组四张，请她叫人代我买一全套。昨天我生日，我忽然记起来了，写了一天文章，到今早晨完成一篇“报道”，但写得很坏。我送给军政委去看看，请他修改后寄给唐弢。同时我去信要唐弢代我买两部书，在你处取款。通讯员等着我写好送出去，不写了。

祝

好！

金　五三、十一、廿六

问候妈和大家，小林、小棠好。

一九五三年十二月十五日

蕴珍：

收到你十六日和二十三日的信，今天回到军来。在一个连队里住了一个月，现在还要到前线去住一个星期，过了年就得作回国的准备了。得信后你不要再寄信来，我恐怕不会在朝鲜见到你的回信了。行期一时不能决定，总之，在一月十日前后。现在回国比从前麻烦些，要办手续，也许还得坐火车。看见相片，真如见到本人，我的高兴你可以想象得到。明天是小妹生日，我知道你一定又为她请客。我不能给她买蛋糕，回来当送她礼物。你的生日在一月初，也许还是我动身的日期，我没有好好地给你做过生日。回来我们两个人在一起好好地过一天吧。这是很平常的事，可是在我们居然难办到。说到工作，我过去浪费时间也不少，因为以前常常没有把工作安排好。以后光阴有限，我得宝贵它。所以“文生”的事我决定一句话也不讲，放弃所谓“股东”的一切。“平明”方面，回来也想跟采臣商量一下，他的事业，他非认真担起担子负全责不可。我帮点忙无问题。我应该抽出时间来作“创作”的准备。

请告诉济生，他廿六日来信收到，我不写回信了。希望他照他所说好好地学习，好好地工作。

祝

好！

金　十二月十五日

一九五四年一月二日

蕴珍：

廿日来信收到。我在一星期里面就动身回国。在北京大约只住十多天，月底以前一定可以在上海见面，许多话见面再谈。我很好，你们不要挂念。寄来的照片都收到，看见照片，忘记了我们中间的距离，也忘了窗外的雪和山下泞滑的路。我仿佛回到了上海。这次回上海后得把工作好好安排一下，今年我还得走一趟啊。像样的作品还有待于将来，但无论如何，再离开上海之前，我总得写成几个短篇。时间的确跑得快，不等待人，所以我们必须抓紧时间。你过去常为我这些事耽心，以后我们好好地谈谈。我并不性急，我要慢慢地搞创作，但我决定要写一本像样的七八万字的中篇小说。长篇小说是以后的事。我还时常想到我的《群》。这许多年为"文生"、"平明"我花费了多少时间和精力，反惹得生许多闲气。有人以为我不过编辑瘾，不抓个书店就活不了。只有你知道我不过是想认真做点工作，为读者多印几本可读的书，为一些见面或未见面的朋友帮一点忙，解决一些问题，使他们生活得好一点。但若是说我应该为这些丢开创作，我还有点不甘心。

靳以信收到，我两月前有一信给他，托李希庚带去托邮，他也未收到。买公债没有问题，只要比他多就行了。也无所谓挑战，我们的情形比他的好一点。见面再谈。祝

好！

金　一月二日

问候妈和大家。

小林小棠好。

一九五四年一月九日

蕴珍：

我昨晚九点回到安东，决定搭明早六点五十分通车去北京，后天（十一日）上午六点便到达。预备下车后就坐三轮车去作协，然后再去顾师母处去取衣物。这封信在安东写

好，在北京投邮。你收到这信时，我早已经在北京了。什么时候回上海，以后再告诉你。我很好，请勿念。

祝

好！

棠　一月九日

一九五四年一月十五日

蕴珍：

前信想已收到。我到京已四天，住在“作协”新购的宿舍内，萧乾也住在这里。我到京那天洗澡换了衣服，接着就伤了风，至今还没有好。大约本月廿一（或者廿二）离开北京，动身的时候会打电报给你。你好带孩子来接我。在朝鲜五个月身体很好，只是肠胃的小毛病（以前在上海没有治好）常发，这次回上海住三、四个月，想顺便把它治一下。余面谈。

祝

好！

棠　五四、一、十五